나의 사랑은
끝나지 않았다

이 도서의 국립중앙도서관 출판시도서목록(CIP)은 e-CIP 홈페이지(http://www.nl.go.kr/ecip)와
국가자료공동목록시스템(http://www.nl.go.kr/kolisnet)에서 이용하실 수 있습니다.(CIP제어번호: CIP2012001640)

나의 사랑은 끝나지 않았다

박범신 논산일기

2 0 1 1 W I N T E R

은행나무

차례

2011년 11월~12월

홀로 가득 차고 따뜻이 빈 집

2011년 어느 가을날 서문을 대신하여

십 년쯤 전에 쓴 자전적 소설《더러운 책상》에서 나는 이렇게 썼다.

열여섯 살이 되기 전까지 그가 걸었던 길은 대부분 들길이다. 들길이란 연속성이 구획해놓은 어떤 기하학적인 공간이다. 두 칸짜리 초가를 나와 고샅을 돌아나가면, 미로처럼 맺어지고 갈라지는 들길과 만난다…… 중학교 이 학년 때까지 살았던 두화마을에서 그가 졸업한 황북초등학교까진 그물망 같은 수 킬로미터의 들길이 깔려 있다.

그리고 이어 신작로다.

두화마을에서 강경읍까지, 장장 이십 리 '신작로' 둑길은 광활한 성동벌판을 하나로 통합하는 아름다운 카리스마를 갖는다. 강경 장날이 오면, 오가는 장꾼들과 달구지 행렬이 둑길 따라 하얗게 띠를 이룬다. 왁자지껄하고, 파릇파릇하고, 울근불근하다.

신작로를 지나고 나면 마침내 길은 기찻길로 이어진다.

이제 그 앞에 철길이 놓여 있다…… 그는 새벽 여섯 시 사십오 분 강경역을 출발하는 기차를 타고서 고등학교가 있는 이리로 떠나고, 이리에서 오후 다섯 시 반에 출발하는 통학기차를 타고서 강경으로 돌아온다…… 그것은, 어린 시절 그가 걸었던 들길과는 전혀 다른 길이다…… '나는 장 보느라 평생 기차를 타고 다녔구나.' 그는 아버지의 말을 기억한다. '젊을 땐 왜 그리 멀리멀리 떠나고만 싶었던지'라고 말할 때의 아버지 눈은, 아물아물 아지랑이에 잠겨 있다. 그는 그러나 고개를 젓는다. 떠나고 싶어 기차를 탔다는 건 아버지의 상투적인 착각이라고 그는 생각한다. 파죽지세로 나아가는 기차의 직진 안에 들면, 안과 밖의 경계가 더 배타적인 철옹성이 된다는 것을 아버지는 모르고 있다.

나의 지난 인생을 한마디로 정리하자면 이렇다.

나는 좁은 들길에서 신작로로, 신작로에서 기찻길, 혹은 하이웨이로, 이윽고 '하늘길'로 나아갔다. 그것은 그대로 근대화의 길이었고 개발의 길이었다. 동 세대의 모든 이가 걸어온 삶이 다 그러했다. 보다 좁고 느린 길에서 보다 넓고 빠른 길로, 그리고 마침내 거칠 것 없이 내달리는 기차, 비행기에 실려, 우물 속 같은 골방으로부터 세상의 한복판으로 나아간 것이었다.

　　　세상이 넓다는 것을 기차가 최초로 나에게 가르쳐 주었다. 강경중학교에 들어가 한두 달은 연무에서 강경까지 기차로 다녔고, 남성고등학교에 들어간 다음엔 강경에서 이리(익산)까지 2년이 넘도록 기차통학을 했다. 그 시절엔 학생들이 타야 하는 '통학기차'가 따로 정해져 있었는데, 그것은 화물칸에 나무벤치 몇 개를 고정해놓은 아주 조악한 것이었다. 창도 작았으며, 그나마 위로 어색하게 붙어 있어, 앉은 자리에선 밖의 풍경도 볼 수 없었다. 달리는 감옥 같았다. 기차 안은 늘 어두컴컴했고, 높이 달린 창 너머는 밝고 추상적이었다. 기차 안으로 상징되는 어두운 자의식과 기차 밖의 밝은 추상 사이에 내십 대가 놓여 있었다. 더구나 그 시절 내가 살던 채산동 집은 기찻길 옆에 있었다. 기차가 지나가면 언제나 내 방의 낡은 창이 다르르르 떨리는 소리와 함께 낮은 비명을 내지르곤 했다. 아버지가 그랬듯이, 불 밝은 밤기차를 타고 더 멀리, 세상 끝까지, 나도 얼마나 밤마다 떠나고 싶었던지.

오늘 강경역 근처를 혼자 배회하다가 올라왔다.

새벽에 눈을 떴을 때 갑자기 '강경역'이 떠올랐다. 나는 무엇에 홀린 듯이 시속 130킬로미터가 넘는 미친 속도로 하이웨이를 타고 서울에서 강경까지 내려갔다. '돌아간다'고 느꼈다. 잘 설계된 가속적인 컨베이어 벨트에 실려 내려가는 기분이었다. 그러나 그곳에 도착했을 때는 모든 게 낯설었다. 역사(驛舍)는 새로 지었으며, 맨드라미가 붉게 피어 있던 철로 옆길은 울타리에 가로막혀 있었다. 내가 옛날에 걸어 다니던 기찻길을 걸어보고 싶기도 했다. 채산동 집 '함석대문'을 밀고나와 장공장 외벽을 따라 흐르다가 건널목에서 몸을 돌리면 이내 쭉 곧은 철길, 그 철길의 침목들 위를 천천히 걷고 있는 우울한 소년, 열일곱 살의 내가 보이는 것 같았다. 여름엔 맨드라미가 피고 가을엔 좌우로 늘 코스모스가 피어 물결치던 길이었다. 그 길은, 무엇엔가 갇혀 있다고 생각했던 십 대의 내겐 멀고 먼 새 세상으로 나가는 출구 같았으며 꿈, 혹은 그리움의 한 표상 같았다. 맨드라미 붉은 꽃을 철로 위에 놓아보기도 하고, 레일에 귀를 대고 먼 데서 다가오는 기차 소리를 들어본 적도 많았다. 기차 소리가 들리면, 매양 가슴에선 둥둥둥, 북소리가 울렸다.

나는 역사 앞 광장에서 한참이나 서 있었다. 미지의 먼 곳에 대한 그리움에 목말라 어깨를 잔뜩 숙이고 기찻길 위를 걷던 열일곱 그 소년은 어디에 있을까. 검은 연기를 토해내며 목쉰 기적 소리를 내던 그 '통학기차'는 지금쯤 바람 찬 어느 굽잇길을 돌고 있을까. 소년은 만날 수 없었고, 햇빛 속에서 귀를 기울이는 시늉을 한참 해보아도 목쉰 기적 소리는 결코 들리지 않았다. 어깨를 잔뜩 숙이고 걸었던 철길 위의 열일곱 살 소년과 반백인 지금의 나 사이엔 반세기나 되는 시간의 벽이 가로막혀 있었다. 역사 너머에선 급진적인 KTX 열차가 역사를 무너뜨릴 듯한 놀라운 속력으로 멈추지도 않고 그냥 내달리는 중이었다.

흐르는 것은 기차가 아니라는 생각이 비로소 들었다.

《더러운 책상》에 썼듯이 '흐르는 것은 기차가 아니라 시간이며, 시간은 언제나 먼 시간에서 와 먼 시간으로 흘러갔고' 그 재빠른 유속流速에 한 시절의 순결한 나와, 나의 정겨운 '통학기차'도 더불어 먼 곳으로 흘러갔다고 느꼈다. 돌아온 것은 예전의 내가 아니었고, 돌아온 곳도 예전의 그곳이 아니었다. 시간보다 더 빠른 기차가 어디 있으랴. 나는 비로소 '돌아왔다'고 여긴 것이 나의 착각에 불과하다는 것을 알았다. 기억 속의 공간과 시간은 기실 새로 시작하기에 아주 좋은 공간과 시간에 불과하다고 생각했다. 새로운, 오직 새로운 공간과 시간만이 우리의 실존을 주관하는 유일하고 위대한 철길이니까.

고향이라는 패찰이 붙어 있을지라도 나는 옛날의 그곳으로 '돌아온 것'이 아니라고 느꼈다. 오늘도 나는 새로운 시간의 레일을 따라 새로운 공간에 처음 온 것이었다. 새로 출발할.

오늘 몇몇 작가들과 밥 먹고 술 마시며 노는데, 어떤 후배가 불현듯 묻는다. "곧 논산으로 가신다던데, 왜 논산이에요?" "고향이거든." 나는 심드렁, 대답한다. "그런 대답 말고요, 단순히 고향이라 간다, 선배님하고 안 어울려요. 글쓰기 욕심이 아직도 하늘을 찌르는 '영원한 청년작가' 시니, 그런 범박한 이유 말고 뭔가, 다른 게 있을 듯한데요?" "글쎄……" 술이 확 깨는 기분이다.

내려가기로 한 날짜가 턱밑으로 다가와 있다. 남자 후배들이 군대 시절의 이야기에 빠져든다. 사람들은 논산이라고 하면 훈련소만 있는 줄 안다. 우리의 젖줄인 금강이 흐르고, 명산 계룡산, 대둔산, 천호산이 자리 잡은 산자수명한 곳이며, 유림과 충절의 깊고도 곧은 전통이 깃든 곳인 줄 아는 사람은 드물다. 나는 떠들썩한 화제의 중심에서 빠져나와 계속 논산 생각을 한다. 내가 짊어지고 갈 이불과 기타 살림도구들을 챙기고 있는 아내를 보고 나온 참이다. 나는 자꾸 중얼거린다.

"왜, 나는 논산으로 가려는 거지?"

중학교 동창생이 전화를 했다. 탑정호 부근으로 간다는데 사실이냐고 묻는다. 왜 강경이 아니냐고, 힐난할 기세다. 설명이 쉽지 않다. 정확히 말하자면 내가 가기로 한 곳은 논산시 가야곡면 조정리다. 아름다운 탑정호가 있고, 맞은편으론 대명산과 계백 장군의 묘지가 자리 잡고 있다.

고향 친구들은 내가 강경으로 가는 게 자연스럽다고 여길 것이다. TV방송을 비롯한 여러 매체의 다큐멘터리를 만들기 위해 함께 내려간 것도 여러 번이고, 연무나 강경을 배경으로 한 소설도 많이 썼을 뿐 아니라, 평소 그 어느 곳보다 내가 그곳을 깊이 사랑하고 있다는 걸 친구들이 알 것이기 때문이다. 나는 그곳에서 문학청년기 대부분을 보냈고, 데뷔소설을 썼으며, 신혼살림도 시작했다. 처음 고향으로 가자고 생각했을 때, 그래서 당연지사, 강경이 제일 먼저 떠올랐다. 집터를 구하기 위해 강경읍을 왕래한 일도 여러 번 있었다. 그러나 적당한 집터를 구할 길이 없었다. 근처에 산이 없어 기댈 곳 없는 것도 마음에 걸렸다. 추억이 가장 많이 서린 채운산과 옥녀봉 주변을 뒤지고 다녔는데, 마음을 내려놓을 만한 살림터가 없으니 난감했다. 가야곡면 조정리를 선택한 것은 그 이후의 일이다. 호수와 산세가 마음에 들었다. 강경이든 조정리든, 생각하면 다 내 고향 땅이 아닌가.

논산시엔 3개의 읍이 있다. 논산읍, 연무읍, 강경읍이 그것이다. 태어나서 초등학교를 마친 곳은 연무이고, 중학교 이후 청소년기를 보낸 곳은 강경이다. 연무와 강경 사이를 잇는 이십 리 둑길이 제일 먼저 떠오른다. 장편《더러운 책상》에 등장하고 연작《들길》의 배경이 됐던 그 들길이다. 중학교 2학년 때 강경으로 이사하기 전까지 나는 매양 그 둑길을 걸어 학교에 다녔다. 강경과 논산 사이의 광활한 들 끝에 내 고향 두화마을이 자리 잡고 있다.

들녘은 늘 풍성했다. 특히 가을이 되면 온 들녘이 황금 물결로 출렁여 그 물결 사이를 자맥질해 걷다 보면 어지럼증이 생길 정도였다. 그것은 풍요의 상징이다. 그러나 정작 그 사이를 걷는 나는 언제나 배가 고팠다. 우리 집은 겨우 몇 마지기 논을 갖고 있었고, 아버지가 강경읍에서 포목점을 하고 있었지만 벌이는 많지 않았다. 나는 다 익지 않은 나락을 훑어 앞니로 까먹으면서 그 들길을 걷곤 했다. 이를테면 그 들녘은 풍요와 결핍이라는 두 가지의 원초적인 이미지를 내게 주었다. 그래서였을까, 어렸을 땐 늘 고향을 떠나고 싶었다.

그리고 반세기, 살림집을 당장 다 옮기진 못하지만, 나는 어쨌든 이제 그곳으로 돌아가 집필의 둥지를 튼다. 연무든 강경이든, 협소한 지역적 가름은 내게 중요하지 않다. 모두 엎어지면 코 닿을

데, 모두 논산시일진대, 가야곡면이면 어떻고 연무, 강경이면 어떤가. 그곳의 어디에 터 잡든, 나는 연무읍 두화마을로 돌아가는 것이고 강경읍 채산동으로 돌아가는 것이 된다. 전화를 걸어온 중학교 동창생은 그러나 못내 강경으로 가지 않는 내게 약간 섭섭한 느낌이 드는 모양이다.

어색한 침묵 사이로 '빙' 하는 금속성이 지나간다. 연무, 강경에 얽힌 너무도 많은 기억들이 내 머릿속을 흐르고 있다. 어떤 이는 '60년대의 강경을 알려면 박범신의 소설을 보는 게 제일 빠르다' 라고 말한 적도 있거니와, 아직도 써야 할 이야기들이 너무 많이 남은 곳이다.

"암튼, 친구가 고향으로 내려간다니, 너무 좋네. 귀향을 축하허이!" 친구가 이윽고 대승적으로 마무리를 한다. 이해해주니 고맙다. 내 마음도 비로소 환해진다.

"내가 또 당신 이불 보따리를 싸네!"

아내가 고향인 논산으로 가지고 갈 나의 이불 보따리를 싸면서 혼잣말을 한다. 체념이 서린 쓸쓸하고 허랑한 표정이다. "이번에 가거든 아예 다시 돌아오지 마." 아내는 그렇게 말하고 싶은지도 모른다. 그럼 나의 대답은 정해져 있다. "함께 내려가면 되잖아!"

나와 39년 동안 살면서 아내는 대체 몇 번이나 내가 들고 떠날 이불 보따리를 쌌을까. 이불 보따리를 들고 떠나는 내 뒷모습에서 아내는 무엇을 보았을까. 혼자 남아 우두커니 서서 떠나는 나를 바라보는 아내는 그때마다 어떤 눈빛을 하고 있었을까. 유랑에 대한 나의 욕망은 혹시 불치병일까.

결혼하고 6개월은 재래식 부엌이 있는 비좁은 강경 채산동 집에서 연로하신 부모님을 모시고 생활했다. 방이 두 칸밖에 없었다. 나는 유엔에 가입도 안 했으면서 유엔 창립일인 10월 24일을 공휴일로 정한 나라의 백성이었다. 겨우 강경여자중학교 강사 신분으로, 먹고 살 대책도 없이 공휴일인 10월 24일을 정해 장가를 갔고, 장롱도 안 들어가는 천장 낮은 방에서 신혼생활을 시작했다. 작가가 되기 직

전의 일이었다. 결혼하자마자 신춘문예 시즌이 다가왔다. 파지를 구겨 던지면, 곁에 앉은 스물세 살의 젊은 새댁이 냉큼냉큼 주워다가 가지런히 펴서 정리를 했다. 과일을 깎아와 먹으라고 권유할 때도 있었다. 나는 그때마다 불같이 화를 냈다. "그냥 좀 내버려 둬. 없는 것처럼 가만히 있으라고!" 늦가을 밤은 자주 살얼음이 얼었다. 내가 워낙 짜증을 부리니까 아내는 차마 내 곁에 있지 못하고 마당의 수돗가에 앉아 밤이 이슥할 때까지 별 보기로 시간을 보냈다. 원고에 열중해 아내가 수돗가에 있다는 걸 모르는 날도 많았다. 1973년, 그해 신춘문예 당선 소식을 들었다. 살면서 아내는, 내가 작가가 된 건 자신이 추위에 떨며 마당귀에서 신혼을 보냈기 때문이라고 자랑했다. 나는 부정하지 않았다. 사실이니까.

　　　신춘문예에 당선하고, 강경여중 강사 생활을 때려치운 뒤 곧 서울로 올라왔다. 작가가 됐으니 살 길이 열릴 줄 알았다. 그러나 순진한 생각이었다. 이제 막 등단한 작가를 알아주는 사람은 없었고, 세상은 얼음처럼 차디찼다. 먹고 살 길이 없었다. 아내가 친정에 가서 사업하는 장인의 장부 정리를 돕는 일로 생활비를 벌었다. 나는 어둡고 습한 자의식의 감옥에 매일 갇혀 있었다. "떠날 테야. 떠나도록 도와줘!" 틈만 나면 아내에게 떼를 썼다. 아내가 물었다. "어디로 가려고?" "몰라. 좌우간 집을 떠나고 싶어. 여기 있으면 죽을 것 같아!" 불과 스물 몇 살의 젊은 새댁이 마침내 없는 돈을 쪼개어 담요를 사오고 이불 홑청을 새로 해서, 내가 짊어지고 떠날 짐을 쌌다. 아내는 그때 울었던가. 결혼하고 채 1년도 되지 않았을 때였다. 떠나진 못했으나 그 과정에서 아내가 여러 번 소리죽여 울었던 것은 사실이었다.

그런 다음에도 나는 걸핏하면 "떠나겠다"고 대책 없는 유랑의 슬픈 노래를 불렀다. 아내는 간헐적으로 이불 보따리를 쌌다 풀었다 했다. 결정적인 건 1993년에 '글을 더 이상 쓰지 않겠다'면서 이른바 '절필 선언'을 했을 때였다. '절필'의 심리적인 동인은 이미 80년대 초반부터 뿌려져 온 것이었다. 나는 70년대 후반부터 90년대 초반까지, 긴 시간을 '인기작가' 또는 '직업작가'라는 이름으로 견뎌왔다. 그 기간에도 줄곧 '작가라는 이름으로 살아 견디는 운명'에 대한 나의 이상하고 자학적인 자의식은 진행 중이었다. '절필 사건'은 곪아온 것이 터진 셈이라 할 수 있었다. 아내뿐만 아니라 세상으로부터도 나는 완전히 떠나고 싶었다. 수상한 세월이었고, 사막 같은 세상이었다. 어둠의 혼에 사로잡힌 내겐 가족이 받아야 하는 상처 따위를 헤아릴 겨를이 없었다. 나는 모든 걸 버렸고, 버려야 한다고 생각했다. 아내가 묵묵히 나의 짐들을 쌌다. "애들 걱정, 집 걱정하지 마. 그냥 당신 편한 대로 해. 난 상관없어!" 아내가 말했다. 나는 앞으로 글을 쓰지 않겠다는 선언과 함께 쓰던 연재소설까지 하루아침에 팽개친 뒤, 아내가 싸준 이불 보따리와 살림살이를 싣고 용인 외딴집 '한터산방'으로 갔다. 그리고 그곳에서 아무것도 쓰지 않으면서 3년을 살았다. 나로서는 죽어 관 속에 유폐된 시간과 다름없었다. 가끔 밑반찬을 배달해주러 와서 아내가 말했다. "혼자 사니깐 좋지?" 나는 아무 말도 하지 않았다. 좋기는커녕 죽음과 가까이 있다고 느끼면서 산 세월이었다. 한밤중 산속을 헤매다 가시넝쿨 속에서 길을 잃은 적도 여러 번이었고, 벼랑에서 굴러떨어진 일도 있었으며, 어머니의 산소를 간다면서 길 없는 길로 들어선 깊은 밤엔 밤짐승과 만나 아슬아슬한 고비를 넘긴 일도 있었다. 할 수만 있다면 우주 저편까지 흘러가고 싶었던 나날이었다.

90년대 이후엔 중국, 아프리카, 히말라야 등, 오지로 떠나는 여행 가방을 자주 아내가 꾸렸다. 2005년엔 아내와 상의도 없이 충동적으로 명지대 교수직을 때려치우고 히말라야로 떠나기도 했다. 아내는 나의 충동을 나무라지 않았다. 내가 말했다. "언제 돌아올지 모르겠어. 오래 돌아오지 않아도 용서해줘." 아내가 대답했다. "그 병이 어디 갈라고. 오고 싶을 때 와. 난 늘 여기 있으니까." 아내는 붙박이 장롱 같은 사람이고 나는 들고양이, 혹은 바람 같은 존재였다. 유랑은 나의 질병인지도 몰랐다. 히말라야 산협 사이를 혼자 걷다가 석 달 만에 돌아온 적도 있었다. 사람들이 고소에 걸린 나를 보고 "머리가 좀 이상해졌다"고 말하기도 했다. 집에 돌아왔을 땐 몸무게가 겨우 53킬로그램이었다. "내가 먹여 찌워놓은 살을 히말라야 산신령님한테 다 빼 먹히고 왔네." 아내가 웃으며 말했다.

      '논산행'을 결정할 때, 아내는 한 번도 찬성하지도 부정하지도 않았다. 고향에 내려가 살자고 할 때마다 아내는 그냥 웃기만 했다. 처음부터 논산으로 내려가고자 했던 것도 아니었다. 2007년, 외로워서 다시 기어들어간 명지대 교수직의 정년퇴임을 앞두고, 집에서 오가기 좋은 어디에 집필실이나 얻을까 생각하던 참이었다. 오라고, 지역에서 권유하는 데도 더러 있었다. 그러던 중 고향의 젊은 시장과 우연히 인사를 나누게 됐는데, 붙임성 좋은 시장이 대뜸 "형님, 고향으로 오시지요!" 한 것이 발단이었다. 나이 차이는 많았지만, 고향 사람이라는 평계로 선후 없이 막무가내 "형님!" 하고 불러주는, 그 "형님"이 참 따뜻하고 좋았다. "형님, 고향으로 오시지요!" 그 한마디가 내 근본의 어딘가를 강하게 건들고 지난 것은 사실이었다. 마치 무심코 문을 열고 나오다가 돌개바람을 만나 멈칫할 때처럼. 시작이 그랬다. 결정은 내가 했다기보다 나의 감성에 따른 충동이 했다고 말해야 옳을 터였다. 아내는 미심쩍은 그 과정을 소상히 알고 있을 텐데도 여전히 아무 말 하지 않았다. 아내가 한 유일한 말은 "간다면, 당신 짐은 내가 싸줄게"였다. 마치 남편 짐 싸주는 '달인' 같은 말투였다. 함께 내려가자 설득도 해봤지만, 아내는 계속 가타부타 말이 없었다. 결국은 우선 혼자 내려가기로 했고, 이렇게 오늘 짐을 싸게 된 것이었다. 살림은 아내가 싸고 책은 내가 썼다. 확신은 없었다. 내려갈 날이 다가올수록 더 갈팡질팡했다. "내가 무엇인가에 홀린 거지." 내가 말했고 "평생 홀려왔잖아. 나도 뭐 늘그막에 뭔가에 홀리면 따라 내려갈게." 새로 꿰맨 이불 보따리를 묶으며 아내가 대답했다.

날씨가 좋지 않은 것이 마음에 걸렸다. 짐 싸는 데 지쳐서 그런지 더욱더 내려갈 일이 아득했다. 날이 저물고 구름 떼가 몰려왔다. "피자나 시켜줘!" 다 싼 이불 보따리에 등 기대고 앉아 내가 말했다. 왜 이럴 때 짜장면이나 족발이 아니라 피자가 먹고 싶은지 모를 일이었다. "논산 읍내도 아니고, 거기 피자 배달이나 올까." 아내가 놀리는 어조로 대꾸했다. 그곳, 읍내에서 8킬로미터, 가야곡면 조정리, 호숫가 외딴집에 물론 피자 배달은 오지 않을 터였다. 갑자기 지구 반대편으로 혼자 떠나야 되는 것처럼 마음이 불안했다. 아내가 피자를 주문하는 사이, 나는 흩어진 신문지 위에 아내의 말을 빌려 나도 모르게 사인펜으로 이렇게 썼다.

"내가 또 당신 이불 보따리를 싸네!"

날씨가 아주 우중충했다. 간밤에 싸놓은 짐들이 현관 앞에 놓여 있었다. 이불과 책 두 박스와 몇 가지 그릇들과 옷 서너 벌이 전부였다. 내려가 살기로 한 '조정리 집'이 너무 낡아 고칠 예정인지라 임시로 옮겨가는 길이기 때문이었다. 마음에 금방 구름이 꼈다. 유배를 가는 기분이었다. 1993년, 절필하고 짐 싸서 용인의 외딴집 "한터산방"으로 떠날 때하고 기분이 똑같았다. "오늘 안 내려갈까 봐!" "맘대로 하셔. 어차피 혼자 가는 길인데." 아내는 여전히 무심했다. "귀양 가는 기분이네!" 내가 중얼거렸다.

나는 대체 왜 이 길을 가려고 하는가.

싸놓은 이불 짐에 상반신을 도로 뉘는데 초인종이 울렸다. "오늘 내려가신다고 해서 동행취재하려고 들렀는데요." 동아일보 황 기자였다. 아뿔싸, 동행자가 예정되어 있다는 걸 잊었었기 때문에 나는 잠시 당황했다. "그럼 가야지 뭐!" 어쨌든 동행이 있어서 다행이었다. 휴일인데도 황 기자는 신혼의 배부른 아내를 혼자 놔두고 나왔다고 했다. 우리는 많은 이야기를 나누면서 회색 구름에게 포위당한 고속도로를 달렸다. 젊은 황 기자는, 기자답지 않게 순정 어린 얼굴로 내 이야기를 따뜻이 들어주었다. 취재를 하러 온 것이 아니라, 쓸쓸하고 막막한 나의 기분을 달래려고 온 귀한 친구 같았다. 정작 나는 잘 알지 못하는, 내가 내려가야 하는 비밀스러운 이유를 아는 그 누가, 짐짓 그를 내게 대리인으로 보낸 것 같기도 했다. 주술적인 느낌이 나를 붙잡고 있었다.

탑정호 앞에 자리 잡은 '논산집'은 휑뎅그렁했다.

어둠이 계룡산 자락에서 빠르게 내려왔고, 호수는 깊이를 가늠할 수 없이 쑥쑥 가라앉았으며, 어쩌면 나의 마지막 '글 감옥'이 될지도 모를 '논산집'은 어느 귀퉁이로부터 조금씩 무너져 내리고 있었다. "우리, 나가지!" 다급하게 내가 말했다. 내 몸과 영혼이 무명 속에 있다고 생각했고, 그래서 어떡하든 나는 그 집을 잠시라도 벗어나고 싶었다. 근처의 카페로 자리를 옮기고 나서는 빈속에 급히 소주를 여러 잔 부었다. 취기가 금방 올라왔다. 황 기자에게 고향을 떠나올 때 이야기를 했고, 자살미수범으로 국사봉에 유폐될 때 이야기도 했고, 나의 남은 꿈들을 이루지 못할지 모른다는 이야기도 했다. 모두 중구난방, 하소연이었다. 고향을 등지고 어언 반세기, 멀고 먼 길을 돌아 마침내 돌아왔지만, 도무지 행복해지지 않았다. 수많은 기억이 떠올랐으나 손에 뚜렷이 잡히는 것은 없었다. 밤이 이슥해서는, 취해서 서울과 광주에 있는 작가이자 제자인 백 작가와 이 작가를 반강제로 불러

내기도 했다. 내 기분을 헤아렸는지, 그들은 고맙게도 한걸음에 달려
와 주었다.

잠깐 졸다가 눈을 뜬 지금, 황 기자는 물론 백 작가와 이
작가도 이미 떠나고 없다.

어스름한 여명 속에서 수런거리며 위로 떠오르기 시작
한 탑정호 검푸른 물빛을 나는 가만히, 오래, 내다본다. 이승인지, 이
승의 너머 어디인지 잘 알 수 없는, 그런 기분이다. 그리고 갑자기, 호
수 이쪽과 저쪽, 텅 빈 신작로에 웬 사람들이 줄지어 지나가고 있는 듯
한 환영이 한순간 나를 사로잡는다. 그들을 내다보라고, 누가 취해 잠
든 나를 후려쳐 일으켜 세운 것도 같다. 헛것이다. 놀란 눈을 부비면
서, 나는 홀린 듯이 헛것들을 보고 또 본다. 모두 고향에 돌아가지 못
하고 죽은 사람들의 혼령들이다. 계백이 죽음으로써 백제가 망한 땅이
고, 견훤이 꿈꾸었던 미륵세상의 꿈이 왕건에 의해 깨진 자리이며, 동
학의 남북 접주들이 모여 우금치 전투를 준비하던 곳이다. 5천여 년의
역사 속에서 얼마나 많은 영혼이 가고 싶은 고향에 돌아가지 못하고
이곳에서 죽었겠는가.

아하, 나는 신음소리를 내며 고개를 끄덕인다. 살아서

고향에 돌아온 것에 대해, 전율과 함께 경이로운 은혜를 전광석화, 느 낀다. 콧날이 '핑' 하고 운다. 나는 눈을 깜작깜작 해본다. 행복한 것도 불행한 것도 아니다. 이곳의 골짜기나 들길에 묻힌, 고향으로 돌아가 지 못한 수많은 영혼이 오히려 외로운 나를 위로하기 위해 내 곁을 흘 러가고 있는 것 같은 느낌이다. 옳거니, 이들이야말로 황 기자를 보내 나를 이곳에 불러 내린 장본인인지도 모를 일이다.

"나는 작가야!" 언제나처럼, 이윽고 나는 중얼거린다. 작가는 '이야기'를 하는 사람이다. 이야기는 죽은 이들에겐 곧 씻김굿 이자 살풀이춤이고, 부활을 위한 진혼곡이지 않겠는가.

이야기가 묻혀 있지 않은 땅이 어디 있겠는가마는, 유서 깊은 내 고향 논산 땅에 묻힌, 고향으로 가지 못한 사람들의 '이야기' 들이 뗏장을 밀어 올리면서 나를 부르고 있는 걸, 나는 귀신에 씐 듯이 사실적으로 느끼며, 또 본다. "당신들은 누구인가?" 하고, 나는 묻는 다. 대답은 들리지 않는다. 대답을 들으려면 나의 헌신이 필요하겠지, 라고 생각한다. 여명이다. 마음에 끼어 있던 뗏장 구름이 후르르 걷힌 다. 몸이 아주 가볍다. 나는 겉옷도 걸치지 않은 맨발로 헛것들과 만나 려고 서둘러 뜰로 나간다. 새들이 분주히 날아다닌다.

지금, 논산시 가야곡면 조정리의 신새벽이다.

　　종일 호수를 내다본다. 삶은 유랑과 회귀의 반복이라고 말한 적 있거니와, 나는 여전히 시시때때 그 사이클 따라 흐르고 있다. 천지간 떠돌지 않는 영혼이 어디 있으랴. 깊이 들여다보면 호수도 머물러 있는 게 아니라 흐르고 있다. 햇빛이 흐르는 것처럼.

2011년 11월 29일   논산

논산 시내로 나가 더 필요한 살림살이 물품들을 샀다. 그릇들과 햇반과 빗자루와 파리채 등등. 집 안으로 옮기다 보니 제일 많이 산 게 술이다. 소주 반병에 취하는 내가 이리 술값 많이 쓴 걸 보면 어쩜 저 고요한 호수 탓일 게다. 호수는 고요한데 내 안은 지금 폭풍전야 같다.

저 고요한 호수가 안으로 들어와 내 영혼의 주인이 돼야 한다. 그것이 관건이다.

집들이 겸 몇몇이 우리 집에 모여 소주를 나눈다.

　논산시에 근무하는 중학교 후배이기도 한 김 과장은 물색없이 사람이 좋다. 착한 사람이 다 그렇듯이, 이 친구도 술을 좋아한다. 김 과장과 동행한 신부님 역시 말술이다. 박식한 데다 속이 꽉 찬 인문학적 신부님으로, 논산 사는 누님이 "그렇게 훌륭한 신부는 첨 봐!"라고 말한 바 있는 그 신부님이다. '논산 상상마당' 마당을 맡고 있는 김 대표는 별명이 '치남'이다. '치마만 두른 남자'라는 뜻인데, 일도 잘하고 우락부락 술도 잘 마시지만, 용모는 아름답다. 술 분위기를 띄우는 데 달인의 경지에 든 듯, 폭탄주 전권을 종횡무진 휘두른다. 조정리집의 리모델링 설계를 맡은 윤 대표와 설계시공을 맡은 함 이사가 합류해 좌석은 다채롭다. 윤 대표는 겸손하고 사려 깊은 성격이고, 함 이사는 건설회사 이사답지 않게 어여쁜 여성으로서 아주 당차 보인다. 그리고 시의원인 김과 조정리집의 집사격인 지가 있다. 시의원 김은 사내답고 호방하며, 자천타천 '집사'라 불리는 지는 싹싹하기 이를 데 없는 데다가 미남이며 여러 가지 일에 역량도 남다르다. 논산문학의 대표격이라 할 권은 지역의 고등학교 교장이면서 내가 아끼는 후배 시인인데, 나와 달리 얌전한 듯 단단한 인품이지만 술을 많이 마시지 못하는지라 '치남'이 마구 돌리는 '폭탄주'에 적응이 잘 안 되는 눈치다. 어쨌든 둘러앉아 한잔 나누면서 세상사 이야기 나누는 데는 최상의 기분 좋은 팀이 아닐 수 없다.

마음껏 취하고 나서, 모두 떠나고 누웠는데, 어디선가 밤새가 자꾸 울고 있다.

이렇게 좋은 사람들과 정들이다 보면 내가 여기에서 살아생전 떠나진 못할 것 같은 불길(?)한 예감이 든다. 이들 같은 좋은 고향 사람들이 불러 내가 여기 왔는지도 모른다. 아니 어쩌면 어머니 아버지가 나를 불러들였는지도. 나의 '논산 시대'가 늘 이만큼만 훈훈했으면 좋겠다.

호수가 비에 젖는다. 그나저나 '호수가 젖는다' 라는 표
현이 맞기는 맞는 건가. 물이 가득 찬 호수도 젖는가. 어디에 있든, 사
실은 육체라는 껍데기가 머물 뿐이다. 그리운 그대 또한 그럴 것이다.
몸이 있는 그곳에 영혼도 담겨 있으면 삶은 안정적이다. 안정적으로
사는 건 어떤 이에겐 낙타를 타고 바늘구멍 지나는 것처럼 어렵다. 내
가 바로 그렇다. 종일 창 너머 내다보면서 호수를 넘어 내가 우주로 끝
없이 유영해가는 이미지를 본다. 나는, 어디로 가려는 것일까.

햇반이냐 라면이냐 그게 문제다. 비가 그치지 않는다. 원
래 난 먹는 쾌락을 잘 모르는 체질이다. 하루 한 번 먹으면 사는 데 지
장 없는 알약 같은 건 왜 안 나올까. 머리 좋은 분들, 좀 연구해주시길.

오후엔 발작적으로 빗속인데도 호수 둘레길과 대둔산
수락계곡까지 차를 몰고 다녔다. 내가 자리 잡은 조정리와 마주 보고
있는 곳은 신풍리다. 지명 자체가 범상하지 않다. 계백 장군의 묘소와
사당, '백제군사박물관' 이 자리 잡고 있다. 불과 5천 명 결사대로 5만
명 신라군과 맞설 때 계백 장군은 어떤 심정이었을까. 신풍리 물가에
서니, 백제군의 함성이 막 들리는 듯하다. 군사박물관 뒤편으로는 머
리가 떨어졌다는 뜻을 가진 수락산이 자리 잡고 있고, 그 너머 멀지

않은 곳엔 조선의 예법을 완성한 김장생 선생과 그 아들 김집, 그리고 주자학을 앞세워 체제 이데올로기를 지켜내려 했던 우암 송시열의 위패가 모셔진 돈암서원이 자리 잡고 있을 터이다. 주자의 이론에서 자구 하나만 고쳐도 사문난적으로 몰았던 송시열 선생도 권력의 부침이 심하던 시대의 파고를 넘지 못하고 끝내 길바닥에서 사약을 받고 죽었다.

대둔산 수락계곡까지 가는데 계속 비가 내린다.

수락계곡은 언제 보아도 당당하면서도 웅숭깊은 맛이 있다. 그곳에선 따뜻한 커피가 맛있다.

논산 8경의 세 번째로 '대둔산의 낙조'가 있다. 대둔산 '낙조대'에서 바라보는 황혼의 풍경이 그리 아름답다는 것이다. 비가 오니 산엔 들어갈 수가 없다. 대둔산은 동학의 접주 여러 명이 비극적인 최후를 맞은 곳이기도 하다. 내 소설 《촐라체》의 주인공이 암벽등반을 배운 곳으로 설정된 곳도 대둔산이고, 주인공의 아버지가 한 여인과 잊을 수 없는 정한의 매듭을 묶은 곳도 대둔산 자락이다. 논산 8경은 첫째가 관촉사의 조광朝光, 둘째가 탑정호의 명홍鳴鴻, 셋째가 대둔산의 낙조落照, 넷째가 계백장군유적지의 청풍淸風, 다섯째가 쌍계사의 석종夕鐘, 여섯째가 개태사의 백운白雲, 일곱째가 옥녀봉의 명월明月, 여덟째가 노성산

성의 모우^{牟雨}다. 계룡산 자락도 논산지역에 걸쳐져 있거늘, 왜 여덟 가지 경치에서 빠뜨렸나 모르겠다.

돌아오면서, 양촌면 신기리의 고인돌 유적지를 찾는다. 마을 입구에만 유적지 표지가 있어 찾는 데 혼났다. 거대한 고인돌이 비에 젖고 있다. 청동기 '금강문화권'의 표지석이나 다름없는 지석묘다. 이 일대는 무엇보다 물이 맑다. 80년대 동아일보에 연재해 많은 독자의 사랑을 받고 또 영화, 드라마, 연극 등으로도 제작된 바 있는 장편《불의 나라》,《물의 나라》주인공들의 고향이 이곳으로 설정된 것도, 그 맑은 물줄기 때문이다. 운주면에 사는 이모를 찾아 누나의 치맛자락을 잡고 이 물줄기를 따라 걷던 게 엊그제의 일인 것 같다.

지금도 비가 그치지 않고 있다. 밤 되면 호수는 캄캄하다. 절해고도에 밀려와 있는 것 같다. 마음엔 그래도 사뭇 불길이 인다. 소주라도 부어 불을 꺼야겠다.

　지금 알았다. 아침나절 내내, 내가 내다보고 있었던 건 호수가 아니었다. 나는 사진 속, 저 길을 보고 있었다. 논산 읍내에서 호수를 따라 이쪽으로 돌아드는 길, 살아 있는 존재의 길. 내가 언제나 한사코 떼어놓고도 싶었고 한사코 다가가고도 싶었던 징그런, 아름다운 당신, 아, 사람이 오가는 길. 누군지 모르겠으나, 당신, 너무 그립다. 길은 텅 비어 있다.

논산에 온 지 나흘째. 유배당한 거 같은 심정으로 빗속의 서울 떠나왔었는데 벌써 서울이 타관처럼 멀다. 올라갈 마음 전혀 안 생긴다. 좀 적막하지만, 서울에서 느끼는 '군중 속 고독'에 비할 바 아니다. '페이스북'에 매일 한두 번씩 '일기'를 쓴다. 일기라기보다 단상이다. 하루라도 글을 쓰지 않으면 손에 가시가 돋는 기분이니 이 짓이라도 하려는 것이다.

오늘은 몇 가지 그릇을 더 사왔다. 머그잔밖에 없었는데 머그잔으론 폭탄주 맛이 안 난다는 내방객의 불평을 듣고 맥주잔, 소주잔, 포도주잔 등 유리잔을 골고루 사왔고, CD 음악도 들을 수 있는 조그만 라디오와 해금 연주 CD도 한 장 사왔다. 팝을 연주한 거라 해금 맛이 안 난다. 물리고 싶다.

종일 흐리다. 호수 면과 하늘이 한 몸뚱어리로 붙어 있다. 아침은 누룽지를 끓여 김치랑 먹었고 점심은 고향 후배 김과 메기 매운탕을 먹었다. 저녁은 처음으로 밥을 해볼까 하는데, 상표도 떼지 않은 밥솥이 내 말을 잘 들어줄지 모르겠다.

내가 쌀이 되어 밥솥에 들어가 누군가, 이왕이면 사랑하는, 사람의 잘 익은 밥이 됐으면 좋겠다. 사랑에의 갈망은 이렇게 계속된다. 밥솥 살펴볼 시간이다.

아침엔 참치 캔을 넣고 김치찌개를 했다. 아무 양념도 넣지 않았는데 깊은 맛이 났다. 김치에 이미 모든 양념이 들어 있기 때문이다. 양념 중심의 우리 음식문화는 놀랍다. 모든 식재료의 날 선 경계는 허물면서 동시에 그 경계의 고유성은 부드럽게 유지한다. 사람과 사람, 정파와 정파 사이엔 이 양념문화가 왜 깃들지 않는가.

아내가 막둥일 데리고 저녁에 온다면서 묻는다. "뭐 음식 좀 해갈까?" "그냥 와. 친절한 논산댁들이 보내준 반찬이 냉장고에 꽉 찼어!" "벌써 논산댁도 아니고 논산댁들이라니!" 아내가 혀를 차며 웃는다. 나하고 39년 살아오며 아내는 거의 부처가 됐다. 누군가와 애 낳고 오래 함께 사는 일은 어떤 의미에서 피차, 수행자의 길과 다름없다.

아내를 맞이하려고 청소를 한다. 비로 쓸고 걸레질을 하는데 내게서 이탈한 머리카락이 자꾸 나온다. 창가로 가서 머리카락을 호수에 비춰본다. 어떤 건 희고 어떤 건 검다. 나의 어느 부분은 늙었고 어느 부분은 젊기 때문이겠지. 향기롭게 늙어가려면 내 내부의 늙은 것과 젊은 것을 질 좋은 양념으로 잘 버무려 발효시켜야 한다. 그 경계의 날카로움은 허물고 고유성은 유지하도록.

나의 소망은 생물학적 나이만큼 영혼이 깊어지되 불온한 감수성은 유지하여 '현역작가'로, 혹은 '청년작가'로 시종하는 것이다. 향기롭게 늙어가고 싶다. 그리움은 멀고 시간은 가깝다.

내가 당분간 의지하고 살 밑반찬은 네 가지다. 걸레질하다말고 고개 드니 호수와 하늘이 온통 뿌옇다. 바람이 세차다. 바람이 지나가는 길이 훤히 보이는 한낮이다.

　요즘 딴 데 글 안 쓰니, 이리 '페북일기'에 열심이다. 때
로 '페이스북'이나 컴퓨터에 대해 물어보면 대답해줄 만한 젊은 친구
를 찾아 읍내에서 커피 한잔하고 호숫가로 돌아들어 왔다. 트위터로
알게 된 지역대학의 졸업반 학생이다. 컴퓨터나 새로운 젊은 문화에
대해 시시콜콜 물어봐도 좋을 다감한 인상을 가졌다. "자네는 소셜 담
당, 나의 비밀 사조직이야!" 내가 웃으면 말한다. "얼마든지요!" 대답
이 이쁘다.

　금방이라도 눈이 쏟아질 것 같은 날씨. 오후엔 배 깔고
누워 티베트에서 사온 티베트 명상음악을 듣는다. 달라이 라마의 육성
이 삽입된 음악이다. 수미산이라고 일컫는 '카일라스' 산 순례길, 해발
5600미터 타라 고개를 넘던 때가 생각난다. 옷이나 휴대품을 놓아두

면 나쁜 업장이 소멸된다는 이 전설적 고개 위엔 수많은 사람이 벗어놓고 간 옷, 가방, 신발 따위가 가득 쌓여 있었다. 사람들 마음속의 갈망은 기실 히말라야보다 훨씬 높고 깊다. 아니 사람보다, 인생보다 높은 산이 어디 있겠는가.

겨우 저녁엔 무엇으로 나의 빈 '순대'를 채우나 하면서, 영혼은 천지간 티베트 고원과 히말라야를 떠돈다. 계룡산 연봉을 떠난 어스름이 벌써 호수를 향해 낮은 포복으로 내려오고 있다. 아내가 올 호숫가 빈 길을 자주 내다보는 것도 날이 저물어가고 있기 때문일 것이다. 저물녘은 생의 '다르마타'로서 본성이 가장 표면 위에 올라오는 시간이다. '논산의 시기'는 아마 내 인생의 '다르마타'가 될 모양이다. 옴 마니 밧 메훔!

여기에도 나만큼 히말라야를 사랑하는 사람들이 있다. 얼마 전 히말라야 트래킹 다녀온 시청 후배들 초대를 받아 화려한 저녁밥도, 소주도 취할 만큼 얻어먹었다. 히말라야가 그립다.

밤 열 시, 아내는 이제 막 논산 읍내로 접어든 모양이다. 손님맞이로 여기저기 불을 켜고 방으로 들어오는데 창 밖, 어둔 듯 밝은 듯한 검은 산의 실루엣이 가슴 속으로 사무치게 들어와 박힌다. 난 스톱모션이 된다. 뭔가, 거꾸로 뒤집힌 압침을 밟은 것 같다. 이유를 모르겠다.

내 안에서 지금 무슨 일이 벌어지고 있는 것일까.

밤이 깊어 나는 불현듯 차를 몰고, 내가 태어난 두화마을로 간다. 아내는 잠들어 있다. 아무도 몰래, 가슴에서 무엇인가 막 무너지는 소리가 나는 것 같다.

들은 어둠에 가득 차 있고 마을에도 불 켜진 집이 거의 없다. 몇몇 개들이 내 차 소리를 듣고 잠시 짖다가 만다. 나는 어슴푸레한 골목을 천천히 지나 내가 태어난 집터 앞에 차를 세운다. 시동을 끄고 차에서 내리자, 너른 벌판의 어둠을 관통해온 바람이 이마를 치고 지나간다. 시에서 오래전 세워놓은 '작가 박범신의 생가터'라는 표지판이 어둠 속에 웅크리고 있는 게 보인다. 나는 가만히 그것을 쓰다듬는다. 내가 태어난 집터는 표지판보다 조금 더 북쪽이 맞을 터이다. 집은 오래전 헐린바, 내가 보고 만질 것은 사실 아무것은 없다. 몇 년 전까지만 해도 외양간이 있어서 '아이구, 내 집터를 소가 꽉꽉 밟아주고 있으니 그나마 다행이네!' 했는데, 지금은 그마저 사라져 휑뎅그렁하기 이를 데 없다. 어머니가 생각난다. 어머니! 나는 입속으로 불러본다. 히말라야 처음 갔을 때 짐을 잔뜩 짊어지고 가파른 산을 평생 오르내리는 당나귀들을 보고 어머니가 생각나 소리 내어 운 적이 있다. 돌아보면 어머니야말로 '히말라야의 당나귀'가 아니었던가, 하면서.

마흔이 될 때까지 아들을 얻지 못한 어머니는 내가 뱃속에 들어차자 당신에게 인생의 마지막 기회가 왔다고 생각했다. 어머니 마흔 살 때의 일이다. 당장 새로운 인생을 꿈꿀 여지가 없던 터라, 어머니는 '아들' 하나 얻어서 삶의 의미를 거기에 두자고 마음먹었다. 진통이 시작된 후 어머니는 네 명의 누나들을 일렬횡대로 앉히고 나서, 표독한 눈빛을 빛내면서 이렇게 말했다. "지금부터 끽소리도 내지 마라 잉!" 아기 낳는 것을 이웃조차 눈치채지 못하게 하라는 엄명이었다. 앞날에 대한 희망이 별로 없었던 어머니는 이번에도 딸을 낳게 된다면 엎어놓아 질식사하도록 만들 심산이었다. 누나들은 벌벌 떨었다. 열예닐곱의 큰누나가 떨면서 아기를 받았다. 칠흑 같은 늦가을 밤의 일이었다. 자전적인 장편《더러운 책상》과 중편《골방》에도, 그때의 광경이 가정밀하게 기록되어 있거니와, 나는 말하자면 '살기 가득한 세상' 속으로 내쳐져야 했던 것이었다. 어머니는 독하게도, 비명 소리 한 번 내지 않고 나를 낳았다. 큰누님이 핏덩어리 나를 받아든 순간 문풍지가 모질게 울며 등잔불이 꺼졌다. "무엇이냐?" 어둠 속에서 어머니가 물었다. 큰누님은 캄캄한 어둠 속에서 당신이 받아든 핏덩어리가 남자인지 여자인지 확인할 도리가 없었다. 어머니는 삐직삐직 울고 있는 큰누님에게서 핏덩어리를 빼앗아 안은 뒤 사내애라는 걸 확인하고, 그제야 당당하게 일렀다. "이제 나가서 소드방뚜껑소리를 크게 내면서 밥을 해라!" 그리고 어머니는 손수 반짇고리의 가위로 나의 탯줄을 잘

랐다. 누님들은 훗날에 이구동성 그 가위의 한쪽 날이 반쯤 부러져 있었다고 증언했다. 나는 오랫동안 나의 실존을 더럽고 흉측한 '부러진 가위'로 인식했다. 유랑에 대한 끝없는 나의 갈망은, 그러므로 그 '부러진 가위'의 원체험에서 비롯된 것인지도 몰랐다.

다시 차를 몰아 조정리로 돌아온다. 새벽까지 잠이 오지 않는다. 나는 죽은 듯이 누워 있다. 어머니의 혼백이 은밀하게 나를 따라와 내 곁에 누워 계시다는 걸 알고 있지만, 나는 어머니에게 알은체하지 않는다. 어머니가 그립고 또 어머니가 밉다. 원체험이라 할 나의 모든 어둑신한 자의식은 사실 어머니로부터 물려받은 것인지도 모른다고 생각한다. 어머니와 화해할 일이 아직껏 남아 있다는 사실이 놀랍다. 짐짓 어머니의 혼백이 있다고 느끼는 자리에 등을 대고 휙 돌아누워 본다. 시위하듯이. 어머니로부터 결코 떠날 수 없다는 걸 알면서도.

창을 흔들고 지나가는 바람 소리가 가슴에 사무친다.

아침부터 아내가 파와 배추를 다듬는다. '논산집'의 전 주인이 남겨두고 간 무녀리 배추와 파인데도 손질하는 아내의 표정이 환하다.

파 뿌리에서 흙을 떼어내며 아내가 "좋은 흙인데……" 한다.

"어머니가 만지던 흙이니."

내 동문서답의 대꾸.

파를 다듬는 아내가 곁에 있는데 내 눈은 30여 년 전 돌아가신 어머니를 본다. 내 생명의 8할은 고향의 흙이 키운 것이다. 어머니는 고향의 대지와 같다. 아내가 처음 시집와 어머니에게 시집살이한 이야기를 한다. 나는 건성으로 대꾸하며 요즘 거의 들어가 보지도 않는 트위터를 본다. 공지영과 진중권의 설전이 잡히고, 종편과 FTA 이야기도 나온다. 고향에 내려와 있다고 해도, 작가는 저기 들끓는 바깥세상을 등지고 갈 수 없다. 작가는 뱀처럼, 들끓는 세상의 밑바닥에 배를 대고 가야 하는 사람이다. 소설은 사회의 거울이다, 라고 말한 사람은 스탕달. 한숨이 나온다. 내가 사는 세상이 위기의 시대가 아니라고 생각하면 더 이상 쓸 문장이 없어진다.

안락은 작가의 몫이 아니다.

이거, 이러고 앉아 어머니나 그리며 살아도 죄가 안 되는 세상인가, 불현듯 그런 생각이 든다. 호수 수면은 그러거나 말거나 잔잔하고 조용하다. 호수는 바람의 길에 따라 그 표정이 바뀌고 사람은 세상의 길에 따라 그 표정이 바뀔 터이다. 지금의 내 몸과 영혼이 바람의 길과 세상의 길 사이에 어정쩡하게 끼어 있다는 걸 비로소 깨닫는다.

"왜 한숨 쉬고 그래?" 아내가 묻고 "뭐 그냥……" 내가 눈을 가리며 우물쭈물한다. "내가 이걸로 파국 끓여줄게." 다듬은 파를 아내가 흐뭇한 표정으로 허공에 쳐들어 보인다. 내가 요즘 멀고도 가깝게 느끼는 세상의 중심에 사실은 배추가 있고 파가 있다. 자본주의적 세계에선 살아 있는 존재의 순정한 빛이 경외받을 가능성이 적다. 아내는 나보다 경외심이 크니 복 받은 사람이다. "당신, 딴생각할 때 꼭 바보 영구 닮은 거 알아?" 아내가 키드득 웃는다. 오늘은 아내를 따라 들끓는 서울로 가야 하니 바보 영구는 곤란하다. "스마트해져야지!" 혼잣말하는데 뒤꼍에서 새떼가 포르릉포르릉 날아오른다.

서울이다. 어제, 올라오는 길에, 도심이 멀리 보이는 양재동 고속도로 어귀에서 만난 서울 풍경이 영 잊히지 않는다. 서울은 불타는 듯 했다. 부처님 말씀처럼 거대한 화택火宅인 것도 같았다.

양재동부터 집까지 교통 체증이 엄청났다. 줄지어 서서 붕붕거리는 차들은 욕망의 급진적인 발화, 혹은 진군인 듯 보였다. 광화문 주변에선 시위가 한창이었다. 완전무장한 전경들과 시위대들이 가파르게 대치하고 있었다. 구호는 비명처럼 들렸다. 조정리에서 보낸 시일이 채 열흘도 되지 않았는데 서울의 모든 게 낯설기 그지없었다. 철가면을 쓴 전경들은 물론이고 시위대의 수많은 깃발, 그리고 그것들과 아무 상관 없다는 듯 소비의 길 따라 빠르게 오가는 성장한 행인들, 그 모든 게 우주 어느 별의 낯선 풍경을 보는 거 같았다. 오, 서울! 나도 모르게 중얼거렸다. 욕망의 대폭발이 상시로 일어나는 도심을 내다보며 내가 아내에게 말했다. "당신 이런 데서 살고 있구나!" 아내가 내 눈을 빤히 보며 대답했다. "왜? 멋있지?" "이상한 짐승들의 나라 같아. 논산에 내려와 나랑 같이, 사람처럼 살자, 응?" "머잖아, 당신이 이리 올라오게 될 걸. 이게 사람처럼 사는 거니깐." 아내와 나의 대화가 어쩐지 비현실적인, 개그처럼 들렸다.

아내는 마당에서 지내는 시간이 많다. 나는 지금 서울 집 뜰 한 켠의 소나무 밑에서 담배를 피우고, 아내는 말라붙은 백일홍 씨를 따고 있다. 서울의 도심과 달리 오늘 우리 집 마당은 거짓말처럼 한가롭다. 매년 꽃씨를 따서 서랍에 간직하는 아내가 부럽다. 그것은 늘 앞날을 준비하는 포즈이기 때문이다. 내 소설은 과연 이런 세상에서 백일홍 꽃씨만 한 무게라도 갖고 있는 것일까. 말라붙은 작고 가벼운 꽃씨 속엔 사실 우리가 내뿜는 욕망의 불꽃보다 더 무겁고, 무거워서 고요한 희망이 깃들어 있다. 내 몸이 꽃씨처럼 작고 가벼워지면 좋겠다. 무거운 꿈을 품고 있어도 바람에 휘휘 날릴 만큼.

논산 '조정리집'을 떠날 때 보았던 것 중에 두 가지가 제일 많이 생각난다. 하나는 뒤뜰 연못가, 날씨가 따뜻해 봄인줄 알고 꽃을 피운 '미친 진달래'이고 둘은 뒤뜰 연못 속의 금붕어다. 금붕어는 서른 마리쯤 되는데 연못이 얕고 좁은지라 얼기 전에 실내로 옮겨주어야 한다. 암튼, 뭐니뭐니 해도 살아 생생한 것들이 더 그립다. 그들이 걱정돼 서울에서도 괜히 노심초사한다. 진달래꽃은 다 졌을까. 금붕어들 혹시 배가 고프진 않을까.

내일 아침엔 그것들 돌보러 조정리로 달려가야겠다.

겨울 동안, 연못의 금붕어를 옮겨놓을 간이어항을 구해왔다. 한때 어머니들이 새끼들 목간도 시키고 절인 배추도 담고 곡물 저장고로도 쓰던 '고무 다라이'다. 정답다. 산소배출기와 먹이도 사왔으니 금붕어 겨울나기는 준비된 셈이다. 아내가 챙겨준 밑반찬과 국과 여벌 담요를 싼 짐들을 차에서 내려놓았더니, 저희끼리 옹기종기 어울려 정답다. 고향 인심은 여전히 후덕하다. 후배들이 골고루 챙겨 보내준 술과 떡과 김치와 양말세트와 오가피엑기스도 현관 마루에 줄줄이 놓여 있다. "밤이 외로우면 이 술 드시고 아침엔 이 오가피로 속을 달래세요." 불쑥 들른 황 시장의 말이다. 후배들은 너무 다정해서 병도 주고 약도 준다. 받은 떡이 너무 많아서 '집사'라 불리는 지를 불러 떡을 나눠주고 보내고 나니, 텅 빈 집 창 너머로, 어스레한 호수 윤곽, 비로소 눈에 들어온다. 자궁 속처럼 고요하다.

내 생전, '페이스북'이라는, 이런 데 일기를 쓰게 될 줄 몰랐다. 신기하다.

　　하기야 인터넷도 잘 모르는 주제에 장편소설 《촐라체》를 '네이버'에 처음으로 연재했고, 장편 《은교》를 낼 때 역시 처음으로 '전자책'을 종이책과 동시에 만들지 않았던가. 소설을 쓰면서 독자와 타협할 수는 없다. 나는 그런 의미에서 영원한 '단독자'이고 '독재자'이다. 하지만 새로운 문명, 이를테면 '소셜미디어'에 해당하는 모든 것은 경원하지 않아야 한다는 게 내 생각이다. 흘러간 18번만 계속 노래할 수는 없다. 나는 언제나 18번도 노래하고 '소녀시대'나 '투피엠' 같은, 새로운 아이돌의 노래도 배울 것이다. 열려 있어야 한다. 새로운 문명과 문화에 배타적이면 그게 죽음이다. 풍향계처럼 외부의 새 바람에 예민하게 반응하면서, 나의 이데올로기는 굳세게 지켜가는 것이 내가 '늙은 청년'으로 살고자 하는 방식이다.

원래 이불 보따리 달랑 들고 이곳으로 올 때 이 겨울, 꼭 해보자 생각한 건 두 가지.

　　하나는 한참 동안 멀리한 아주 기본적인 고전들을 곁에 두고 쉬엄쉬엄 읽자는 것, 둘은 일기를 쓰자는 것이었다. 그래서 책은 몇권의 시집과 고전 책 등을 골랐고, 일기책으로 겨우 두 권의 노트를 사왔다. 한데 책은 안 읽고 일기는 겨우 '페이스북'에 쓰고 있다. 작은 휴대전화를 들고 톡톡 두들기며 노는 게 재밌다. 일기를 쓰는 게 아니라 오락기를 들고 오락을 하는 느낌도 든다. 노트에 펜으로 썼으면 이보다 더 자탄과 회한의 문장이 넘쳤을 것이다. 무엇보다 자모를 건들 때마다 '톡톡' 하고 소리 나는 것이, 이 적막한 곳에서, 누군가 장난기 많은 요정 같은, 단짝이 옆에 함께 있는 것 같아 좋다.

서울에선 금붕어와 때 없이 핀 이곳의 진달래가 걱정이
었는데 지금 이곳에선 '서울 집' 마당에 있는 나무의자 생각이 난다.
여러 해 나를 견뎌준 의자다. 어젯밤 찍어온 서울 집 마당의 나무의자
사진을 들여다보고 있었더니, 내가 논산에 있는 게 아니라 서울 집 마
당의 그 의자에 앉아 있는 기분이다. 몸은 조정리에 와 있는데 마음은
겨우 평택이나 천안쯤 와 있는 거 같다. 아니 그냥 계속 떠돌고 있다.
돌이켜 생각하면, 예전에도 내가 온전히 머물러 있을 때는 소설을 쓰
고 있을 때뿐이었다. 글은 뛰어가면서 쓸 수는 없다. 순례자는 순례하
는 동안이라도 죄를 짓지 않기 때문에 길을 떠나고, 작가는 책상 앞에
앉아 있을 때 비로소 머물 수 있어 글을 쓰는 건지도 모른다. 작가를
하지 못한다면, 어디에 있든 나는 유랑의 길을 계속 떠돌 것이다. 맘은
여전히 떠돌면서. 서울 집 마당의 내 나무의자는 잘 있을까. 작별이란,
빈 의자 하나 남기는 것일 텐데.

서울에서 가져온 배추된장국과 김치로 아침 겸 점심을 해먹었다. 현미찹쌀과 논산의 들에서 난 '예스민' 쌀을 섞어 밥을 했는데 아주 잘 됐다. '예스민'은 예가 스며 있다는 뜻이다. 시장이 "형님, 고향에 와서 굶지는 마세요!" 하면서 선물로 가져다준 쌀이어서 더 정겹다. 젊은 사람인데도 황 시장은 문화의 지평을 멀리 내다볼 뿐 아니라, 놀랍게 부지런하고 열정적이고 다정하다.

논산은 본래 예향이다. '논산 딸기'는 씻지 않고 먹어도 상관없다. '연산 대추'는 기품이 있고, '강경 젓갈'은 염분이 적어 몸에 해롭지 않으며, '예스민' 쌀은 찰지고 예스럽다. 예의가 스며 있는 쌀이니, 내 몸 안에 들어가 아마도 나를 예의 있게 잘 돌볼 것이다.

하늘과 호수가 접붙어 있다. 내가 꿈꾸는 것이 저것. 찰나와 영원, 현실과 초월의 두 세계를 내 나머지 삶에서 접붙어 사는 것. 나의 사랑은 끝나지 않았다.

지금의 나는 이룰 수 없는 것들을 꿈꾸는 사람이다. 사랑의 완성을 보고자 하는 것이나 영원성 또는 신성을 깊이 품고자 하는 것도 나의 나머지 꿈이다. 이룰 수 없다고 해서 버린다면 습관과 소비적 자본주의 노예가 될 확률이 높다.

2011년 12월 8일 논산

금붕어를 뒤뜰에서 좁은 고무다라이로 옮겼다. 내가 해야 할 유일한 월동 준비가 끝난 셈이다. 좁은 다라이로 옮겨놓고 보니 금붕어들이 한가족이 된 것 같다. 넓은 곳에서 비좁은 곳으로 가는 게 꼭 나쁜 것만은 아닐 터이다. 나도 가끔 좁은 방에서 여럿이 살 부비며 살던 시절이 그립다. 육친의 정이란, 말 그대로 살을 대고 부비면서 비롯되는 것인지도 모른다.

호수에 흐린 하늘 내려앉아 있다. 바람이 심해 호수 수면에 계속 깊은 주름이 잡힌다. 그래도 호수에 떠 있는 겨울새들, 미동도 하지 않는다. 한없이 가볍고 한없이 무거운 저들의 중심이 부럽다. 사랑이 깊으면 존재는 가벼워지는가, 무거워지는가.

아니다. 내 자문이 틀렸다. 당연히 한없이 가볍고 한없이 무거워질 테지. 가볍다고 해서 중심이 없는 것은 아닐 터이다. 사랑이 그런 것처럼.

티베트에선 자유를 '네 중'이라고 부른다. '네'는 틀림없이, 라는 뜻이고 '중'은 벗어나다, 라는 뜻이다. 진실한 내적 자유는 달이 구름 밖으로 나오는 것 같은 상태로서, 습관적 제약에서 스스로 벗어나는 걸 가리킨다. 지금은 기다릴 때, 때가 오면 구름에서 빠져나온 달처럼 나도 예뻐질 것이다.

아무것도 필요 없다. 지금은, 다만 환해지고 싶다. 따뜻해지고 싶다. 내 맘 속 얼룩들을 쓸어낼 빗자루가 필요한 시점이다. 구름에서 홀연히 벗어난 달처럼.

낮부터, 종일 혼자 취해 있었다.

나는 요즘, 나를 끌고 어디로 가려고 길을 나선 것일까.
길 끝은 아스라하고 어둑신해 여전히 분간할 수가 없다. 너무 성급히
떠나왔는지도 모른다. 고백건대, 우울은 날로 깊어지고 있다. 어린애
가 되거나 백 살이 되면 좋으련만. 계속 나 자신에게 자비심을 발휘할
수는 없다. 삶에 대한 어떤, 인식의 깊고도 혁명적인 전환을 갈망한다.
너무도, 너무도. 그런데 내게 그런 축복이 부여되겠는가.

달이 밝다. 마른 상수리나무들 위로 뜬 달이 너무 맑아 계수나무 옥토끼도 환히 보인다. 희끄무레한 서울의 달과 전혀 다른 달이다.

낮엔 명재 윤증 선생의 고택에 다녀왔다. 집 안엔 들어가지 않고 사랑채 툇마루에 한참이나 앉아 있었다. 연못가의 백일홍나무가 굳세면서 동시에 쓸쓸해보였다. 지고한 모든 것은 알고 보면 쓸쓸한 것을. 명재 선생은 대사헌에서 우의정에 이르기까지, 수십 번이나 벼슬을 제수받았지만 한 번도 벼슬길에 나아가지 않은 사람이다. 아버지 윤선거와 함께 난을 피해 강화도로 피신했던 일이 이 분의 평생 운명을 갈랐을 것이다. 나라의 운명이 풍전등화에 달했을 때, 적들에게 유린당할 수 없다 하여 어미는 자결해 죽고, 아비는 살아 돌아왔지만 살아 돌아온 것에 대한 자책으로 평생 벼슬길 등지고 은거해 살았으니, 그 모든 그늘이 어찌 아들인 명재 선생에게 미치지 않았겠는가. 스승인 우암 송시열과 갈라져 이른바 소론의 거두가 되었으며, 검소하기가 여느 보통사람보다 더했고, 학문적 깊이에선 충청 오현의 하나인 아버지 윤선거를 능가한 분이시다. 그는 숭명의리崇明義理를 앞세운 우암보다 훨씬 더 개혁적이고 개방적인 세계관을 갖고 있었으나, 조정에 나아가도 자신의 뜻이 관철되지 못하리라는 걸 알고 끝내 향리를 지켰다. 하기야 벼슬길에 나아갔으면 살얼음판 같았던 당시의 풍파를 피하지 못했을 것이다. 우암도, 그와 쌍벽을 이루었던 윤휴도 다 사약을 피하지 못하고 죽었다. 명재 선생은 우암의 문파에 속했지만 학문적으로는 윤휴의 개혁적인 이데올로기에 더 가까웠던 것으로 보인다. 송시열과 윤휴 그리고 윤선거, 명재 선생을 생각하니, 머릿속에서 수많은 '이야기'들이 실타래처럼 쏟아져 나오고 또 얽힌다. 가슴이 뻐근해졌을 정도이다.

역사는 명분의 기록이지만 소설은 명분 너머의 오욕칠정에 대한 통절한 기록이다. 송시열과 윤휴와 윤증 사이에 얽혀 있었을 오만가지 '오욕칠정'이 마치 내가 겪고 본 것처럼 떠오른다. 길고 깊은 서사가 될 듯하다.

괜히 담배를 들고 마당을 서성거린다. 명재 선생의 눈으로 보니까, 송시열과 윤휴의 정파적 이념적 위치가 훨씬 또렷해지는 느낌이다. 보수네 진보네 하며 싸우는 지금의 정치판하고도 뭐, 하나도 다른 것이 없다. 소설로 혹 쓴다면 명재 선생의 관점이 돼야 할 것이다. 우암은 지금으로 치면 '보수파'의 거두이고 윤휴는 '진보파'의 거두이다. 명재 선생은 정파적으론 우암이 속한 서인에 속해 있으면서 이념적으론 윤휴의 진보적이고 개혁적인 길을 지향했으니, 가슴과 몸이 늘 찢어졌을 것이다. 벼슬에 나아가지 않은 것이 그를 살린 셈이다.

고택에서 돌아오면서 내가 한동안 머물렀던 '논산 상상마당' 마당귀 늙은 목백일홍 밑에 머문다. '상상'은 우물 속 그늘로부터 우주 너머에 이르는 가장 빠르고 크고 향기로운 길이다. 내 고향이 한 우리로 '상상마당'이 됐으면 참 좋겠다. 그 일에 내가 바칠 수 있는 정성이 있다면 쓰레기를 줍는 일이라도 기꺼이 하고 싶다. 목백일홍 뒤에 카페가 있지만, 직원은 보이지 않는다. 볼 때마다 느끼지만, 정말 잘 늙은 나무다. 나무들은 늙을수록 아름다운데, 하는 탄식이 절로 나온다. 나무처럼 늙어가고 싶은 나의 꿈이, 이룰 수 없는 꿈일진대 그냥 애처롭다.

집 앞에 가로등이 새로 불 켰다. 불 켜진 등은 세 개다. 가로등을 밝혔을 뿐인데, 전에 비해 마음 따뜻하고 환하다. 사랑하는 사람 생기면 한동안은 누구든 아마 이럴 것이다. 부처님은 우리 각자를 가리켜 자명등自明燈이라 했던가. 존재는 스스로 빛을 내는 것이니, 남이 볼 때 나 자신도 저런 가로등처럼 뵈면 좋으련만.

이 집으로 들어온 뒤 처음으로 장 보러 나갔던 날 사온 것 중에 평범한 유리꽃병이 하나 있다. 냉장고 위에 올려놓은 유리꽃병을 식사 때마다 올려다본다. 그동안 더러 방문객이 있었지만, 꽃을 사오는 사람은 없어서 꽃병은 여전히 빈 채 놓여 있는데, 자꾸 들여다보니, 비어 있으나 꽃병은 꽃병이어서, 그냥 아름답다. 아니 비어 있어 더 아름다운 것도 같다. 나는 꽃병을 볼 때마다 가득 꽂혀 있는 꽃을 판타지로 본다. 어떤 때는 분홍장미, 어떤 때는 안개꽃, 또 어떤 때는 내가 좋아하는 흰 카라를. 그러고 보면 다 채운 것만이 아름다운 것은 아니다. 빈 것들은 내가 상상으로 채울 수 있으니 때로 더 아름답다.

아울러, 본격적인 이사를 봄으로 미루어 놓았기 때문에 집엔 가구가 거의 없다. 방마다 텅 비어 있다. 빈방은 황량해 보일지도 모르지만 달리 보면, 마음을 편안하게 한다. 많은 가구 때문에 우리는 그것들을 다 채우고 써먹느라 얼마나 수고하는가. 가구가 별로 없는 집에 들어서면 비로소 온전히 쉬는 기분 든다. 삶이 단순하면 단순할수록 편안해지는 것과 같은 이치다. 단지, 집이 너무 추운 게 문제다.

내일은 꼭 읍내에 나가서 꽃을 사와야겠다.

　　사랑하는 후배 김 과장과 집사격인 지부철이 와서 낮술로 대취한 날.

　　취하면 호수가 이미 내 속으로 들어와 있는 걸 보게 된다. 고향에 가지 못하고 죽은 이들과의 대화도 자유롭다. 계백 장군의 묘가 호수 건너편에 자리 잡고 있다. 한 병사가 취한 나에게 말을 건다. 자신은 계백의 휘하 졸병인데, 사실은 수없이 도망치고 싶었다는 것이다. "왜 도망치지 않았나?" 내가 묻고 "그 양반이 하도 불쌍해 보여서요." 졸병이 대답한다. '그 양반'은 계백이다. 내게 말을 걸어오고 하소하는 죽은 이들이, 어디 계백의 휘하 장졸들뿐이겠는가. 고요한 밤이면 온갖 죽은 이들과 대화가 가능하다. 작가의 상상 속에선 수 세기, 수천 년의 시간차가 큰 의미를 갖지 않는다. 내 안에서는 오래전 죽은 이들과의 이런 대화가 상시로 벌어진다. 백제가 망하지 않았으면 금강문화권이 훨씬 융성했을 것이다. 금강문화권은 오랜 세월 한반도의 중심을 이루었다. 미륵신앙이 이 지역을 중심으로 생겨난 것은 결코 우연이 아니다.

개인적으로는, 금산과 부여와 공주와 논산을 합쳐, 아니 새로 생긴다는 세종시도 욱여넣어 '금강문화권'의 특별시로 만들자고 제안해보고도 싶지만, 옹졸한 관료들이나 지역기득권자들이 그런 제안을 찬동할 리 없으니, 그냥 상상만 하고 만다. 금강문화권의 이상적인 부활은 곧 후천개벽의 미륵세상을 구현하는 일이 될지도 모르는데.

제 앞길도 잘 추스르지 못하는 주제에, 상상은 끝이 없다. 서울에 혼자 남은 '39년 나랑 함께한 늙은 여자친구'는 혈압도 높아 매일 혼자 전전긍긍인데, 나는 여기서 이렇게 쓸데없는 번뇌와 상상에 붙잡혀 못 마시는 술이나 퍼마시고 있다. 나의 '폐북일기'는 알고 보면 반이 '취북일기'다. 난 도대체 누구? 안주는 귤뿐인데 날도 저물고 후배들은 가고.

드디어, 마침내 빈 꽃병이 꽃을 피웠다. 내가 꽃을 사는 게 싫어, 소셜 관계 '자문 사조직'으로 점찍은 처녀 이한테 반강요해 선물 받은 꽃이다. 거실이 일순 환해진다. 아울러 작은 꽃화분도 두 개 샀는데 이름을 모르겠다. 멀리서 올 친구를 위해 이불과 요도 더 사고 부엌에서 쓸 랩과 대야도 사왔다. 화분의 꽃을 보니 영혼의 뜰에 등롱 켠 듯하다. 왜 오는 사람마다 술이나 쌀이나 그런 것만 가져오는지 모르겠다. 내 나이쯤 되면 꽃다발 받는 건 별로 좋아하지 않는다고 여기는 것일까. 오해다. 나의 감수성은 나이가 없다. 젊은이보다 훨씬 더 예민하다고 느낀다. 나는 꽃병을 여기에도 놓아보고 저기에도 놓아보며 콧노래 흥얼거린다. 꽃이 있으니 혼자서라도 한잔해야겠다. 꽃이 이쁜 거야 예전에도 왜 몰랐을까마는 이렇게, 눈물겨울 만큼 이뻐 보이는 건 최근 몇 년 동안의 일이다. 꽃이 누군가. 남들에게 내가 꽃처럼 이뻐 보인 적이 몇 번이라도 있었던가.

어젠 혼자 시작한 낮술이, 이 사람 저 사람을 더 부르는 밤술로 이어져 대취했다. 안주가 없단 말을 듣고 가까이 사는 '별장가든' 후배 한이 닭백숙을, 공주 사는 여성독자 두 사람이 족발을 사왔다. 부철이를 비롯해, 우리 몇몇은 늦도록 노래도 하고 시도 암송하며 놀았다. 사람처럼 징글징글하고 사람처럼 어여쁜 게 세상에 어디 더 있으랴. 게다가 낭랑한 소리로 암송하는 시를 들으니, 노래방이나 단란주점 등에서 악써 노래할 때보다 술맛이 훨씬 깊다. 알고 보면 노래방 때문에 우리는 풍류를 잃은 백성이 되었다. '조정리집'에 풍류가 깃들어 넘치도록 하고 싶다. 풍류는 유흥이라기보다 도에 가까운 길이니.

모처럼 맑은 날씨, 잔잔한 호수가 젊은 연인처럼 다가든다. 빈 술병과 그릇들을 치우고, 요기하고, 뜰에 나와 쓰레기를 태운다. 벌써 한낮이다. 누가 대문 안으로 들어서는데, 건너다 보니 읍내 사는 셋째 누나 내외다. 누나는 생전의 어머니처럼 허리가 잔뜩 굽었다. 내력이다. 나도 골다공증 기미가 있으니 언젠가 저리 굽을 것이다. 밥을 새로 해서 남은 닭백숙과 족발을 데워 상에 올려놓는다. "아이구, 우리 동상이 밥도 잘하네!" 칠순이 넘은 누나의 손이 자꾸 육순이 넘은 내 뒤꼭지로 올라온다. 식사 중 시장의 전화가 걸려오는 걸 보곤 더 대견스럽다는 듯한 눈빛이 되어 "우리 동상 출세했네. 사또 허고 니롱내롱허구." 누나는 추임새를 구성지게 넣고, 이어 "적적허진 않냐"고 묻는다. "난 원래 적적한 거 좋아하잖아." "그려도 자고로 집 안엔 여자가 있어야 온기가 도는 겨. 니 각시 보고 자주 내려오라고 혀!" "논산댁 하나 얻지 뭐." "야가 시방 뭔 소리여. 니 댁 가슴 찢으면 말년에 너 또한 가슴 찢어져!" 누나가 눈 흘기며 종주먹을 들이댄다. 혼자 먹기에 많은 계란과 장조림과 가시오가피엑기스를 덜어 담은 봉지를 들려주고 누나를 배웅하는데, 대문 너머에서 호수가 나를 기웃이 올려다본다. 건너편 대명산이 호수를 지나 내 가슴으로 쏜살같이 들어온다. 간밤, 한잔 술로 흐뭇해진 여성독자가 나긋나긋 암송해준 정호승의 시구가 귀를 울린다. 산 그림자도 '외로워서 하루에 한 번씩' 마을로 내려온다는.

누나를 보내고 금붕어 밥을 준다. 금붕어 한 마리가 배를 누이고 바닥에 가라앉아 있다. 벌써 일주일째 빈사 상태다. 건져 올려 보니 아가미가 아직도 펄떡인다. 끈질긴 생명력이다. 희망이 없다는 걸 알면서도 물을 갈고 금붕어를 다시 넣는다. "내가 도울 방법은 이거뿐이야. 네가 스스로 이겨내는 수밖에 없어. 모든 존재가 다 그래!" 가슴이 짠해져서 소리 내어 중얼거리는데 뒤꼍에서 어린 새떼들이 햇빛 건들며 날아오른다. 맑은 햇빛이다.

서울에서 '여성중앙' 기자가 찾아왔다. 고향에 오니 어떠냐고 강 기자가 물었다. "글쎄, 몸은 와 있는데 아직 맘까지 당도하지 않아 잘 모르겠어." "마음은 그럼 어디 있는데요?" "뭐, 평택이나 천안쯤 따라왔을까." 말끝에 날이 저물었다.

멀리서 온 손님 그냥 보낼 수 없어 근처의 '별장가든'으로 옮겨 이른 식사를 했다. 메기매운탕을 먹었는데 간이 잘 맞아 맛이 자못 깊다. 손님들을 보내고 나서 내가 집까지 걸어가겠다고 하자 중학교 후배인 한 사장 내외가 너무 어둡다면서 굳이 따라나선다. 부인은 음식점 하고 남편은 경찰이다. 이렇게 저렇게 사는 이야길 하면서 걸으니 어둔 길도 금방이다. 다부진 어깨를 가진 한이 "선배님, 제가 치안 담당 맡을 테니 편히 주무세요!" 한다. 내 집 대문 앞까지 날 데려다 준 후배 내외가 돌아서 가는데 팔짱 낀 그 뒷모습, 참 정답고 아름답다.

이제 다시 '윤휴'에게 돌아올 시간이다. 읽다가 만 《윤휴와 침묵의 제국》을 내처 읽는다. 음식점 찾아가던 길에서 본 새떼들이 두서없이 책갈피에 겹쳐 떠오른다.

물새들은 멀리서도 내 발소릴 듣고 재재걸음으로 잽싸게 앉은 자리를 옮긴다. 새 한 마리 한 마리가 지어내는 물살이, 그들의 길이다. 새들은 스스로 길을 내고 스스로 길을 지운다. 나뭇가지 위에 앉았다 가도 그 흔적이 남지 않듯이. 톨스토이는 말년에 자신의 작품을 다 불태우고 싶다면서 먼 변방의 간이역에서 죽었는데, 이제 그 마음 알 것 같다. 삶의 족적을 깊이 남기고 싶은 것도 욕망이고 그 흔적을 물새처럼, 아무것도 없이 다 지우고 싶은 것도 욕망이다. 이 저녁, 혼자 앉아서, 내 몸은 왜 새처럼 가볍지 않을까를 생각한다. 나는 무슨 꿈을 좇아 여기 왔을까.

간밤에 늦도록 '윤휴'를 읽다가 자못 흥미로운 대목과 만났다. 우암 송시열과 윤선거가 윤휴를 놓고 밤새 논쟁을 벌이는 대목이다. 윤선거는 노성사람 윤증의 아버지로 송시열, 유계, 송준길 등과 함께 충청 오현五賢의 하나로 꼽히는 사람이다. 조선의 체제 이데올로기였던 주자학에 대한 해석에서, 보다 개혁적이었던 윤휴에 대한 이날 밤의 길고 치열한 논쟁은, 서인이 훗날 노론과 소론으로 갈라지는 씨앗이 되는바, 흥미로운 것은 이들이 밤새 논쟁을 벌인 곳이 논산시 강경읍에 있는 '죽림서원竹林書院'이라는 것이다. 율곡과 우계, 사계의 위패를 모신 죽림서원은 강경읍 금강 변에 지금도 남아 있는 우아한 서원이다. 내가 중학교 때 자주 배회하던 곳이다. 율곡의 위패가 모셔진 것은 알고 있었으나 그곳에서 역사의 향방을 가름할 만한 사안에 대한 격론이 벌어진 건 처음 알았다. 군력을 좌지우지하던 송시열은 윤휴를 사문난적으로 몰았고, 보다 온건했던 윤선거는 "그대가 너무 그 사람을 겁내는 게 아닌가." 하면서 윤휴를 우회적으로 옹호하고 있다. 훗날 서로 물고 뜯는 비극적 역사의 씨앗이 배태되는 순간이다.

아마 그 때문이었을 것이다. 밤새도록 조선의 선비들이 내 꿈길을 시나브로 드나들었다. 논산시는 조선 중후기를 지배하는 서인들의 기반으로서 지금도 많은 서원과 향교와 고택이 남아 있다. 무심히 지나치는 낡은 고택의 서까래 하나에도 두꺼운 책으로 기술할 만한 '이야기'가 깃들어 있는 셈이다. 역사에 대한 비전은 물론이고 분노와 눈물과 욕망과 사랑과 꿈과 한숨이 가득하다. 사람이 살지 않는다고 땅이 비어 있는 것은 아니다. 밥솥에서 묵은 밥 한술을 떠내 먹는 둥 마는 둥 하고 호수를 내다보고 앉았는데, 건너편의 야트막한 산야에서 자꾸 두세두세, 무슨 소리가 들리는 듯하다. 이곳에 내려온 첫날 잔뜩 취했다가 깨어난 새벽, 창 너머에서 들리던 그 환청이 생생히 기억난다. 고향에 가지 못한 사람들의 '이야기'들이 나를 매개 삼아 부활하고 싶다고 하소하는 소리인 것 같다. 아무래도 내가 이곳에서 계속 '귀신'들과 아주 가까이 지내게 될 모양이다.

작가는 궁벽한 곳에 있다고 해도 혼자 있는 게 아니다. 근세사로 봐도 논산은 동학도의 남북 접주가 회동하여 우금치 전투를 준비하던 병참기지였다. 동학뿐 아니라 일제강점기 시대 종적을 감추고만 '남학'의 본거지도 계룡산이었다. 최초의 훈련소도 물론 이곳에 있고. 고향에 가지 못하고 저기 텅 빈 산야에 묻힌 영혼은, 그 외에도 또 얼마나 많을 것인가.

바람은 없고 호수는 흐릿하다. 설거지할 생각도 안 하고 창 너머를 향해 앉아 있다. 아침부터 까치 한 쌍이 마당 앞 텃밭을 떠나지 않는다. 내가 버린 음식찌꺼기 때문이다. 무연히 그들을 내다보고 있는데, 자꾸 선비차림의 남자들이 까치 사이로 지나간다. 내가 혼령인 것도 같고 혼령이 나인 것도 같다. 괴이하다.

내 마음속에 요즘 똬리 틀고 있는 건 이 땅에서 오래전, 무엇이 어떻게 되어, 남은 사람들이, 지금 여기, 이런 모습으로 살고 있느냐 하는 것.

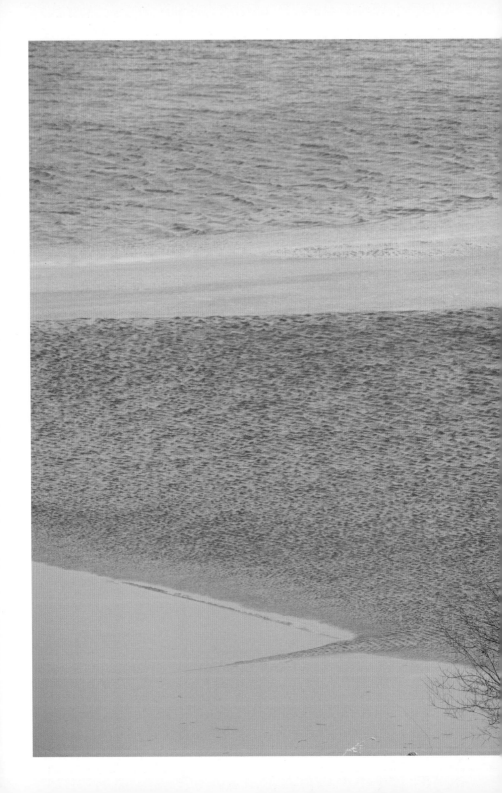

서울집의 내 책상, 여러 달째 비어 있다.

걸레로 책상을 닦으면서 소리 내어 한마디. "미안하다, 널 버려둬서." 책상이 씩 웃고 나서 "걱정 마. 당신보다 내가 나은 게 뭔지 몰라?" 한다. 내가 풀 죽은 목소리로 "뭔데?" "당신보다 기다리는 힘이 강하다는 거지." 맞는 말이지만 굴복하긴 싫다. "그럼 내가 너보다 나은 점은 전혀 없다는 거야?" "예민하니 뭐, 마음 빛깔이 나보다 빨주노초파남보, 라는 것 정도!" "그건 내가 싫어하는 내 약점이고." "욕심도 많으셔. 산 같아지고 싶다? 웃겨. 산은 덕일진대, 덕성도 갖겠단 수작이군. 덕이란 한마디로 부동심이야. 움직이지 않음. 당신에겐 불멸처럼 이루기 어려운 꿈일걸." 책상이 비웃는다. 나는 짜증이 나서 빡빡 힘주어 걸레질한다. 책상은 꿈적도 하지 않고 덧붙인다. "당신의 가장 큰 착각은 당신이 내 주인이라고 생각한다는 거야. 착각은 커트라인이 없다지만 그 오만에서 그만 나오셔. 당신, 내 주인이 아냐!" 나는 바짝 달아올라 책상 탕탕 치며 소리쳐 묻는다.

"그럼 누가 주인인데?"

"아직도 몰라? 내가 당신의 주인이지!"

아내가 나를 빤히 쳐다보며 "얼굴이 그게 뭐야! 그만
둬!" 한다. "내 얼굴이 어때서?" "반쪽 됐어." 논산집은 춥고 적적하
다. 불편한 게 한두 가지가 아니다. 논산 하면 훈련소 이미지만 떠올리
는 사람들에게 그렇지 않다고, 문화의 깊이와 그 향기가 깊은 고장이
라고 말하는 것으로서 내 딴엔 헌신하고자 하는 마음이 없지 않지만,
살다 보면 더러 마음 다칠 일도 생길 터이다. 젊은 후배 한 사람이 이
르길 "우리 논산은요, 지역을 위해 뭘 좀 잘 해보려고 하면 꼭 여기 토
박이출신 인사들 때문에 일이 더 안돼요!"라고 하던 말이 명치끝에 걸
려 있다. 물론 대부분의 논산 사람들은 그렇지 않을 것이다. 강경, 연
무를 중심으로 한 상업적 전통과 외지사람들이 많이 모이는 '논산훈련
소'가 끼친 정서적이고 문화적인 영향이 있을지는 모른다. "가서 보니
고향 얘기 더 쓸 게 많던데." 갑자기 자신이 없어져서 내가 중얼거린
다. 아내의 주장은 일관성이 있지만, 나의 마음은 최근 들어 더 갈팡질
팡한다. 글쓰기의 환경으로 보면 안락하고 정보가 많은 서울이 나을지
도 모른다. "맘 바꾸고 오늘부터 서울에 있어요." 내가 흔들리는 눈치
를 보이자 아내는 더 오금을 탁 박는다. "논산 간다고, 신문에도 나고
했잖아." 내 말에 아내가 웃는다. "국회의원이 당 바꾸는 것도 아닌데
그까짓 신문 난 게 뭐 대수야. 당신 원래 변덕 많잖아. 예민해서 변덕
부리는 줄 알 거야. 논산일기는 무슨, 그거야 서울일기로 바꾸면 되
지." 아내는 우수하면서도 몰인정한 판관이다.

내가 겨우 이렇다.

한때는 내 별명이 '좌질투 우변덕'인 적도 있다. 돌이켜 보건대, 내가 평생 변덕 부리지 않고 지켜온 덕목은, 더 많은 상처를 받은 사람 편이 되겠다는, 이른바 인간중심주의 이데올로기와 작가로 살고 죽겠다는 문학순정주의뿐이다. "나는 살았다, 썼다, 사랑했다"는 스탕달의 묘비명을 전용원고지에 늘 인쇄해서 사용한 사람이다. 그렇게 살려고. 그러니 내가 어디에 살든 글만 열심히 쓴다면, 누가 상관하겠는가. 밥을 다 먹고 나니 아내가 결정 끝났다는 듯이 "그냥 여기서 내가 차려주는 밥, 과일, 커피, 하루 열 끼씩 챙겨먹으면서 소설 써요. 고향이라고 더 포근하다, 다 미신이야. 가 있어 보니, 때로는 안 포근하잖아? 예민한 당신, 더 상처받을 일 자꾸 생길 게 뻔한데, 쯧쯧!" 혀를 차고 난 아내가 볼일 있다면서 휭 집을 나간다. 서재 양지바른 남창 밑에 혼자 누워 담배를 피운다.

창가에 가지런히 놓인 화분들 꽃이 참 환하다.

내가 왜 이리 갈팡질팡하는지 원. 올해는 별로 신수가 좋지 않은 것 같다. 되는 일이 없다. 마음도 천지간을 떠돌 뿐이다. 《나의 손은 말굽으로 변하고》를 펴낸 이후엔 소설조차 거의 쓰지 않았다. 좋은 소설을 쓰고 싶다는 욕망과 근원으로 돌아가 마음의 편안함을 얻고 싶다는 도교적 욕망은 합치되기 어렵다. 그건 다른 길이다. 내가 갈팡질팡하는 것은 그 두 개의 욕망 사이에 내 몸이 끼어 있기 때문이다.

자, 이제 어떻게 한다?

원고를 쓰지 않으니 뭘 하든 삶이 텅 빈 것 같다. 손이 말굽으로 변해가는 느낌이다. 돌아보면, 아, 그리 살아왔구나. 39년여, 이리저리해서, 50권 이상 썼으니 손가락이라고 해도 그 습관과 지향을 잊었을 리 없다.

신문에서 《만다라》의 작가 김성동의 근황을 읽는다. 오랫동안 누구보다 가까이 지내면서 그가 겪어온 삶의 고비 고비를 지켜본 사람이다. 여름에 그가 많이 아파 술, 담배를 끊었다고 한다. 그리 좋아하던 술, 담배를 끊다니. 가슴이 덜컥 내려앉는다. 평생 신산하기 이를 데 없는 생을 견뎌온 사람인데 안타깝기 그지없다. 그가 겪어온 모든 비극의 근원은 좌익이었던 아버지가 처형된 6·25에 닿는다. 오랜만에 그에게 전화를 건다. 몸이 어떠냐고 물었더니, "몸은 괜찮아졌어"라고 말하고 나서 뜸을 들이다가, "술은 급한 불 끄면 다시 마셔야지. 사는 게 뭐 재미진 일이 없으니" 하면서, 허헛 하고 그가 웃는다. 허랑한 웃음이다. 전화를 끊고 나서 창밖을 보다가 앞집 티브이 안테나에 앉은 비둘기와 눈이 마주친다. 눈빛이 음흉해 뵌다. 비둘기는 평화라는 꿈을 지녔다 하는데, 거짓말이다. 6·25가 지나고 반세기가 훨씬 넘었지만, 이 땅에서 전쟁은 이렇게 끝나지 않고 있다. 그러나, 그럼에도 불구하고, 정파적인 좌우를 넘어서는 게 우리들의 실존적인 삶이다. 근원에 대한 그리움은 구천에도 닿고 우주까지 넘어서니까. 김성동 형의 문장에 이런 대목이 있다.

　　"세상이 그립다. 사람들이 보고 싶다. 배고픈 것보다 무서운 건 외로움이고 외로움보다 더 무서운 건 그리움이다."

테킬라는 멕시코 술로 열대식물 용설란을 증류해 빚은 증류주다. 알코올 도수가 40도. 일간지 기자를 하고 있는 신이 멕시코에 다녀왔다면서 테킬라를 들고 나타난 게 화근이다. 젊은 기자 몇과 홍대 주점에서 테킬라를 마셨는데, 독주라서, 후반부가 영 생각이 안 난다. 휴대전화를 확인해보니 안 해야 할 전화도 여러 통 했다. 식은땀 난다. 나는 왜 술에 약할까. 당분간이라도 술을 끊어야겠다.

모 신문사에서 신춘문예 최종심 소설이 14편 왔다. 수천 편의 응모작에서 걸러낸 작품들이다. 2천 년대 들어와 문학 독자는 줄거나 답보 상태인데, 쓰려는 사람은 많이 늘었다. 비정상적인 형상이다. 돈이 될 가능성도 거의 없고 그렇다고 출세의 길도 아닌데, 왜 작가가 되려는 사람이 이렇게 많아지는지 모르겠다. 배금지상주의 팽배한 이 자본주의 세상에서, 글쓰기가 사람들을 끌어당기는 매력은 어디에 있는 것일까.

내가 '문학 목매달아 죽어도 좋은 나무'라는 말을 한 것은 데뷔 때의 당선 소감에서였다고 기억한다. 지금 생각하면 참으로 교만하고 철없는 발언이다. 물론 그때의 단심이 다 사라진 건 아니다. 그러나 '목매달아 죽어도 좋은 나무'라니, 지키지도 못할, 너무 비장한 구호가 아닌가. 한국문학에서 비장미가 전근대적 가치로 치부되기 시작한 건 한참 전부터이다. 요즘은 그 어떤 독자도 클래식한 비장미에 박수하지 않는다. 오히려 '개콘 모드'로 삶을 가볍고 경쾌하게 터치하거나, 알듯 모를 듯한 개연성 없는 판타지 따위를 다루는 게 유리하다. 요즘의 내 작품들은 그런 문학 트렌드를 담보해내지 못하고 있다. 나는 왜 고전적인 비장미의 유혹에서 여태껏 자유로워지지 않을까.

캄캄한 호숫가를 지나 마당으로 들어섰더니, 정밀한 고요, 키 큰 상수리나무 사이로 별들이 쏟아져 내린다. 불운했던 화가 고흐가 동생 테오에게 쓴 편지의 한 대목이 생각난다. "루앙에 가려면 기차를 타야 하는 것처럼 별까지 가기 위해선 죽음을 맞이해야 한다. 죽으면 기차를 탈 수 없듯이, 살아 있는 동안에는 별까지 갈 수 없다." 나는 한참이나 마당 가운데 우두커니 서서 마치 우주 너머에서 보내는 사랑하는 당신의 말을 수신하려는 것처럼 귀를 기울인다. 고흐의 말이 이어 들린다. "늙어서 평화롭게 죽는다는 것은 별까지 걸어간다는 뜻이지." 아무렴. 우린 누구나, 깊은 밤에도, 심지어 잠들어 있을 때에도 쉼 없이 고흐의 '별'을 향해 걷고 있다. 인간의 참된 윤리성이란 그걸 잊지 않는 것.

외풍이 센 집이다. 어차피 추운 집이지만 특히 부엌은
보일러가 고장 나 아침에 들어가면 냉기 섬뜩하다. 그래서 누룽지나마
끓여 먹을 엄두가 안 난다. 오늘 아침은 홍삼엑기스와 두유, 밤빵 하나
로 때운다. 혼자 사는 다른 이들의 아침식단은 어떤지 궁금하다.

바닥에 배 대고 누운 빈사 상태의 금붕어가 아직도 살아
있다. 이젠 죽었겠지 하고 건져 올리니까 푸드득 지느러미를 흔든다.
놀랍고 고맙다. 상태가 더 좋아졌는지 나빠졌는지는 잘 모르겠다. 열
흘째다. 회생시킬 방도가 없어서 답답하다. "널 믿어!" 내가 할 수 있
는 건 겨우 그 말뿐이다. 가슴 한 켠을 면도날이 긋고 가는 것 같다. 아
아, 어딘가, 저 금붕어처럼 빈사 상태에 빠져 누군가의 손길을 기다리
는 사람도 많을 텐데.

내가 혼자 내려오며 꾸린 간소한 짐 중엔 책이 한 박스 있다. 논어, 맹자, 시경이 있고, 스콧 니어링 자서전, 도스토옙스키 평전, 한국통사, 광기의 역사, 티베트의 지혜, 그리스로마 신화, 택리지, 우리 별자리, 여름에 피는 꽃, 가을에 피는 꽃, 윤회와 침묵의 제국, 그리고 내가 문학지망생이었던 청년기에 가장 애지중지하던 세계전후문학전집 10권, 최근에 나온 한국고전문학전집 10권, 덧붙여 황지우, 장석남, 강은교 시집을 비롯한 시집 20여 권이다. 특이한 건 대부분 한참 전에 읽은 책들이라는 것이다. 나는 아마 문학에 입문하던 시절로 돌아가고 싶었던 모양이다.

오늘은 종일 《논어》를 뒤적거린다. "배우고 생각하지 않으면 어두우며 생각하고 배우지 않으면 위태롭다"는 말에 밑줄이 쳐 있다. 청년 시절에도 이 말의 울림을 듣고 밑줄을 쳤던 모양인데, 아이구, 그 시절의 어둠으로부터 별로 걸어 나온 게 없으니 기가 죽는다. 공자는 일찍이 네 가지를 끊었다 한다. "억측하지 않고, 집착하지 않고, 고루하지 않고, 사사로이 주장이 없었다"는 것이다. 한숨이 나온다. 나는 공자가 지혜로써 끊은 것만 여태껏 가지고 있으니 앞이 캄캄할 수밖에 없다. 책을 덮고 창 너머를 본다. 잔잔한 호수가 턱 다가온다. 공자께서 끊은 걸 다 끊으면 품이 넓고 깊은 저 호수를 닮으려나.

한참 호수 내다보다가 아니다, 하며 나는 자기변명 삼아 고개를 젓는다. 공자가 끊은 걸 다 끊어 이른바 군자가 되고 말면 '작가'는 죽는다. 작가는 오욕칠정의 진흙밭을 기록하는 사람이다. 집착과 사사로움이 아예 없다면 무엇으로 남의 심중에 든 오욕칠정을 드러내 말할 수 있겠는가. 내일은 《논어》를 꽂아두고 《광기의 역사》를 읽어야겠다.

이곳에선 밤이 속절없이 깊어진다. 어둠은 어디에서 솟아나 끝끝내 이렇게 가슴 속 밀물로 번지는 것일까.

밤이면 내가 엎디어 있든 말든, 집은 빈집이 된다. 주인이 없다 치고서, 창문은 저희끼리 모여 소곤거리고 이따금 서까래도 앓는 소리를 낸다. 나는 저들의 심기를 건드리지 않으려고 숨을 오그리고 몸은 한껏 낮춘다. 모든 것이 나의 군주가 되는 순간이다.

사물이 하는 말을 들으려면 나를 낮추고 지우는 수밖에 없다. 나는 아무것도 아니다, 라고 선언하지 않고서 얻을 수 있는 사랑이 없는 것과 같은 이치다. 내가 집의 주인이 되는 것보다 나를 지워 빈집이 나의 주인이 되도록 하면, 나는 아무것도 아니다, 말하고 나면, 비로소 어둔 밤도 어린 연인처럼 사랑스럽다. 어둠이 지금, 내가 없는 듯, 나를 자유로이 관통해 지나간다.

눈을 뜨면 남쪽 창으로 숲이 보인다. 새떼들이 분주하다. 비몽사몽의 아침녘은 이승도 같고 저승도 같다. 짐짓 새들과 눈빛 마주치려고 애쓰면서 비로소 잠의 어스름에서 빠져나온다. 북쪽 창 너머는 호수다. 나는 호수가 그리워 상반신을 기웃 일으키고 습관처럼 호수를 본다. 잔뜩 흐리다.

부엌으로 가야 하지만 보일러도 고장 난 부엌에 갈 엄두가 나지 않는다. 속이 쓰리다. 아내가 있었으면 홍삼차를 가져다 우선 먹였을 어림이다. 그립다. 아내가 그리운 건지 따뜻한 먹을 것이 그리운 건지 모르겠다. 오래 함께 살면 아내가 어머니처럼 느껴지는 순간이 많다. 지금처럼 잠 깨고 잠시 동안도 그럴 때이다. 아, 아내는 어떻게 수십 년이나 밥을 하고 국을 끓이는 단순노동을 견디며 가족들 명줄을 이어주었을까. 아내의 그것에 비해, 내가 쓴 소설들, 사소하다는 생각이 든다. 나는 어쨌든 좋아서 평생 그 일을 했기 때문이다. 다음 세상에서 아내를 만나면, 내가 평생 밥을 하고 아내 보곤 좋아하는 일만 하라고 해야겠다(다음 세상에서도 아내와 살고 싶다는 말은 아니다).

갑자기 병든 금붕어가 궁금해 벌떡 몸을 일으킨다. 금붕어 때문에 몸을 일으키는 나날이다. 금붕어는 그러나 여전히 바닥에 누워 있다. 누룽지 남은 걸 가스불 위에 올려놓고 금붕어를 딴 놈들로부터 분리해 사료를 먹도록 도와준다. 비늘이 여기저기 상한 금붕어는 입에 대주어도 밥을 잘 삼키지 않는다. "먹어! 먹어야 살아. 나도 먹고 살자고 추운 부엌에 들어갔잖아!" 나는 소리 내어 말을 한다. 그 사이 탄내가 난다. 아차, 하고 달려갔더니 누룽지는 물이 졸아 이미 바닥이 타고 말았다. "바보! 멍충이! 못난 놈!" 나는 탄 누룽지를 박박 긁어먹으면서 계속 금붕어에게 소리 내어 막 욕을 한다. 낮엔 수족관을 찾아가봐야겠다.

식탁에 앉은 채 송경동의 시를 읽는다. "사람들이 자꾸/ 어느 조직에 가입돼 있냐고 묻는다"면서 그는, "나는 저 들에 가입돼 있다고" "저 바다물결" 또 "저 꽃잎" "나무" "바람" 그리고 "무너진 담벼락" "걷어차인 좌판" "비천한 모든 이들의 말 속에 소속돼 있다고" 피 어리게 노래하고 있다. 가슴이 먹먹하다. 고향에 와 호수나 내다보면서, 겨우 금붕어의 안위나 걱정하는 나의 요즘 삶이 과연 온당한가, 하는 걸 젊은 시인 송경동이 묻는다. 그는 '희망버스'를 주도한 죄목 (?)으로 지금 감옥에 가 있다. 믿거니와 그는 뜨거운 사랑의 목소리를 지녔을 뿐인 시인이다. 그에겐 죄가 없다. 죄가 있다면 갖은 핑계를 대며 뒤로 물러나 있는 나 같은 사람을 대신해 우리가 믿는 그 길을 간 것뿐이다. 세상이 겨우 이렇다. 그의 시집 위에 노란 귤과 찻잔을 올려놓는다. 그에게 보내고 싶다.

호수는 여전히 흐릿하다. 싸가지 없는 세상이 예까지 날 쫓아와 있으니, 자연 속에 담겨 있어도 무위를 느끼고 담을 겨를이 없구나!

115

저녁을 어떻게 해먹나, 부엌도 추운데, 하고 날 저물었
으나, 우두망찰 앉아 있는데(그 순간에도 새떼들 울어 쌌고- 함께 울고 싶
으니깐) 늘 씩씩한 김이 전화해서 저녁을 먹었냐 하길래, "괜찮아. 바쁜
데 올 거 웁어." 내가 대뜸 대꾸했더니, "안 바빠요, 제가 모시러 갈게
요, 아이빈데요." "아, 아이비, 아이비면 요 앞이니 내가 걸어갈게." 그
런데도 잠시 후, 사내다운 맘으로 그가 날 데리러 와서, (그 찰나에도 눈
물처럼 별은 뜨고) 함께 아이비로 갔고, 장사하는 이, 병 고치는 이, 재판
하는 이, 회사 다니는 이, 좋은 사람들도 만나 저녁밥도 때웠는데, 더
불어 생각해보니, 내가 혹 굶을까 봐(예스민쌀도 있는데) 걱정돼, 나를

굳이 데리러 온 것도 좋지만, 알고 보면, 우리 모두 사랑하면서 살자고.(그 붉은 맘) 좋은 복분자주 마시면서, 좋은 복분자 같은 사람들 만나, 노래도 하고, 슬픔도 삭히고, 분노조차 향기롭게 발효시키자고, 훗날 회한으로 날뛰는 일 있어선 안 된다고, 아, 숫처녀 같은, 빛나는 리그파 같은, 저 광대한 시간과 공간 같은, 시린 달빛 같은, 그 길에서, 과연 무엇이 내 안에 쌓여 마침내 순백으로 빛날 것인가 하고, 취기는 오르지만, (아직도 여전히 취해 있으니 이 글을 쓰는 자는 누구인가) 그러면서도, 티베트의 어느 큰 스승이 일갈한 "근원적 완성의 뜨락에서 니르바나에 도달하기를 기도한다"는 말을 자꾸 생각하면서, (왜 취하면 부처가 더 되고 싶을까) 내 문학의 에너지는 '탄생 이전으로부터 부여받은 슬픔'에서 온다고 말하고 싶어 하면서, 생과 사를 접붙여 놓고 담대하게 한 가지로 웅숭깊게 들여다보면서, 좋은 사람들과 모닥불 앞에서 노래하며 함께 놀았다는, 조정리의 어느 섣달 밤, 오늘의 전설.

2011년 12월 22일   논산, 서울

창 열고 호수와 눈인사 나누지 않았으니 아직 하루가 시작된 게 아니다. 오늘은 아침을 건너뛰기로 한다. 간밤의 숙취로 머리가 아프다. 서울 갈 채비를 한다. 남쪽 창으로 햇빛 쏟아져 들어온다. 키 큰 상수리나무들 흔들리는 사이로 바람의 길이 보인다. 아주 오래전 황화정리 어디던가, 상수리나무 밑에 나란히 앉아 있을 때 행여 내 가쁜 숨소리 들킬까 봐 조바심치던 그 여자 생각난다. 명주바람 부는 저 물녘이었지. 홍옥처럼 볼 붉은 그 여자. 웃으면 덧니가 햇빛같이 새하얗게 빛나던 그 여자. 몇 해 전 류머티즘 관절염이 심해져 걷기 불편해한다는 소문을 들었는데.

바람은 하늘길로 가는데, 세월은 왜 이리 자꾸자꾸 낮은 데로 눕는 것일까.

서울이다. 논산집을 출발해 2시간 남짓이면 서울에 닿는다. 빠른 세상이다. 제자들 여럿과 모처럼 만나 술 마시는데 창 너머, 북한산 자락에 눈이 내린다. 폭설이다. 이내 세상이 하애진다. 젊은 처녀들이 '와' 하고 함성을 지른다. 나는 함성이 아니라 눈물이 날 것 같은 기분이다. 눈 온다. 세상이 지금 하얗다. 괜히 아름답고 기쁘고, 그래서 그렇다. 슬픔과 기쁨은 내 속에서 완전하게 한 숙주로 맞물려 있다. "선생님, 울어요?" 눈 밝은 처녀의 지적에 얼른 고개를 돌린다. 민망하다. 난 왜 이리 눈물이 많을까.

눈물은 나의 가장 아름답고 절실하고 화려한 문장이다. 반역이고 사랑이다.

밤 깊어, 잠이 오지 않아 서랍 속을 정리하다 보니 사진 한 장이 나온다. 몇 년 전 사진가 준초이 선생이 찍어준 사진이다. 선생은 나의 문학적 고백에서 "내 안에 늙지 않는 짐승이 산다"는 문장을 읽고 이런 모습을 끌어내 찍은 것이다. 내 내면의 모습에 가까운 이미지다. 글을 쓰는 작가의 이미지를 조용하고 고즈넉한 이미지로 상상하는 건 사실 난센스에 불과하다. 겉이 그럴 뿐이다. 소설 쓰기는 정글을 지나는 것과 같다. 글쓰기에서 "작가도 종종 길을 잃는다"는 포스터의 경구가 떠오른다. 집필 중의 작가는 그러므로 때로 짐승처럼 울부짖고 때로 폭포처럼 투신하고 때로 바람처럼 솟구친다. 가끔 물같이 고요하게 나부끼기도 하지만. 그렇지 않으면 그 많은 갈림길과 단애와 함정들을 통과할 수 없기 때문이다.

사진과 같은 이런 모습으로 다시 쓰고 싶다. 나는 여전히 '청년작가'다운 기개로 늙어가고 싶은 꿈을 갖고 있다. 죽을 때까지 날 시퍼런 '현역작가'로 살고 싶은 꿈.

신춘문예 심사를 하고 왔다. 다들, 잘 쓴다. 미끈하다. 근데 무엇인가가 비어 있다. 이를테면 고유한 자기 목소리. 위험을 감수하면서도 그러나, 끝끝내 말하지 않고선 견딜 수 없는. 한때 '절필'을 했으니 이제 '절심(切審)'을 할 때 되지 않았나 하고 생각한다. 제자 작가들에게 물었더니, "아이구 선생님, 벌써부터 심사까지 끊고 원로 티 내면서 스스로 외로워지시면요, 헛, 우리만 오히려 괴롭힐 거니 그냥 더 하세요!" 하면서 야단이다. 심사는 뽑는 일이 아니라 떨어뜨리는 일이니 죄를 안 지을 수 없다.

집에 돌아오니 탁자 위에 책들이 가득 쌓여 있다. 그 중 한 권은 어떤 수필가가 친구로서 백남준에 대해 쓴 책이다. 세계적으로 성공하고 마침내 고국으로 돌아온 백남준에게 유치원 동기생 저자가 묻는다. "어떻게 오게 됐어?" 백남준 왈, "사주에 56세 되면 한국에 돌아가는 게 좋다고 해서." 현대문명의 중심인 뉴욕에서 가장 첨단적인 예술 비디오아트로 성공한 그의 입에서 나온 말이 '사주'라니. 나는 무릎을 친다. "그래. 논산 오기 전 사주를 봤어야 했는데." 하지만 잠시 후 나는 생각을 고친다. 사주 보나마나다. 작가를 오래 하면 스스로 무당이 된다. 사주를 보지 않았지만 내 인식 범위 너머에서, 내 속의 다른 누가 이미 사주를 다 보고 "논산으로 가라!" 했을 터였다.

우리는 늘 우리 자신의 '사주'를 잘 보도록 노력해야 한다. 시성인 밀레르파는 노래했다. "네 몸이 신들로 가득 찬 너의 사원이니"라고. 내 자신 속에 수많은 신이 들어 있다. 나는, 우리는 수많은 신에게 숙소를 제공한 어엿한 집주인이다.

크리스마스 이브다.

"누가 내 옷깃을 잡았다." 예수께서 말씀하셨다. 성경의 어디에 나오는지 잘 기억나지 않는다. 아무튼, 수많은 사람에게 둘러싸인 예수님 뒤에서 불우했던, 혈우병을 앓는 여자가 소망 간절하지만 차마 나설 용기조차 없어 헛손질하듯 했을 때, 예수께서 그 여자에게 돌아서며 한 말이다. "누가 내 옷깃을 잡았다!" 예수께선 가장 깊은 갈망의 부름을 침묵 속에서도 알아들으신 것이다. 예수님 참 놀랍다. 난 성경에서 이 대목 이 구절을 제일 좋아한다. "누가 내 옷깃을 잡았다!" 오늘 하루라도 주위에서 누군가를, 나를 부르는, 그 간절한 목소리에 귀를 열어놓고 지내고 싶다. 누군가의 옷깃이라도 잡고 싶은 그 갈망의 목소리. 당신의.

예수님은 나의 군주이나, 드높이 지어 올린 이 나라의 부자 교회들이 내는 캐럴 소리는 시끄럽다. 부처님은 나의 조국이나, 고기를 먹으면서 남몰래 곳간을 채운 절과 스님이 내는 목탁 소리도 시끄럽다. 잔뜩 치장한 금부처와 크리스마스트리 역시 때로 흉물스럽기 그지없다. 교회와 사찰은 부자이고 신도는 가난한 것이 온당한가.

혈압을 내리는 식품으로 으뜸은 비트이다. 혐오스러운 빨간색 채소이다. 아내는 지난가을 뇌혈관이 좁아져 있다는 진단을 받았다. 혈압이 위험 수위를 넘나들었고, 두통이 계속됐다. 어떤 날 저녁에 티브이에서 혈압엔 비트가 좋다는 말이 나왔다. 전화로 물어보니 근처엔 비트가 있다는 슈퍼가 한 군데도 없었다. 아내는 초조한 눈치였다. 아내의 어머니는 몇 년 전 뇌졸중이 원인이 되어 유명을 달리했다. 그때 나는 아내가 얼마나 절박한 심정인지 알아야 했다.

어느날 아침에 일어났더니 현관 앞에 웬 자루가 하나 놓여 있었다. "웬 거야?" 내가 묻고 아내가 대답했다. "비트야, 비트. 새벽에 경동시장에 가서 사왔어. 비트 있는 가게 별로 없더라고. 늦었으면 못살 뻔했어." 아내는 스스로 대견해하는 눈치였다. 내가 혈압이 높았대도 아내는 그렇게 했을 터였다. 아내는 온 가족의 비트를 기꺼이 샀을 테지만, 아내의 비트를 사기 위해서 아내보다 빨리 움직이는 사람은 아무도 없었다. 구조화된 불공정거래니, 아내 보기 다만 겸연쩍어서 나는 짐짓 창밖을 보며 입맛만 쩝 다셨다.

그날 이후 아내는 매일 비트를 갈아 먹으며 수시로 혈압을 잰다. 매일 두세 번씩 갈아먹어야 하니 먹기 좋을 리 만무하다. 오늘 아침에도 밥 대신 비트를 먹으며 "이 짓을 언제까지 해야 하나" 혼잣말을 하는데 눈가에 습기가 어려 있다. 나는 아무 말 없이 아내가 차려준 된장국에 숟가락을 박아 넣는다. 우리나라 건강수명은 육십 대 중반이다. 육십 대에 아프기 시작하면 생이 다할 때까지 완전한 수습이 거의 불가능하다. 도와주지도 못하면서, 마음만 찢어진다. 부부란 젊어선 사랑으로, 중년엔 우정으로, 노년엔 연민으로 산다는데.

좋은 관계란 서로 갚을 거 별로 없이 공평한 상태로 생을 마감하는 것이다. 부부만 그런 게 아니다. 은혜든 뭐든, 가급적 수평을 이루어야지 일방통행이 있으면 정한이 남게 마련이다. 염라대왕 앞에서의 재판을 통과하려면 갚을 건 갚고 받을 건 받는 게 좋다. 나이 드니 자꾸 갚지 못한 것들이 생각난다. 아내한테 빚진 게 어머니 다음으로 많다. 갚을 일이 까마득한데 아내가 비트를 사러 헤매는 새벽에도 나는 잠에 빠져 있었을 뿐이다. 어디 아내뿐이겠는가. 당신에게도, 세상에도 빚이 한 짐이다. 일하지 않으니 오나가나 빚만 셈하고 있다. 막상 그걸 갚으려고 하지도 않고 '시체놀이'나 하면서.

아, 나는 요즘 '불임의 세월'을 살고 있구나!

해바라기를 하고 앉아 있다가 펼쳐진 신문에서 송경동 시인의 책 제목 '꿈꾸는 자 잡혀간다'만 봤을 뿐인데, 가슴 무너진다. 가슴뿐인가. 우리 모두 함께 견디고 헤쳐 온 반세기 역사가 다 지워지는 기분이다. '희망버스'는 비전과 시적 감수성을 가장 아름답게 비벼 만든 이름이다. 꿈꾼다는 이유로 붙잡혀 간다면 우리가 품은 숨은 꿈들, 앞으로 다 어디에 부릴 것인가.

2011년 12월 28일 　　　　　　　　　　　　　　　　논산

흐림. 혼자 누워 있다가 문자질.

"○○○야!"

"네, 샘!"

"응, 거기, 있구나 ㅎ"

"대답할 수 있는 곳에 있어요"

"참 좋다……"

"……쓸쓸해하지 마세요"

"괜찮다. 걍 함 불러봤다. 그냥 누구, 불러보고 싶었거든. 대답해주면 맘 좋아지니깐 ㅎ"

"언제나 대답할게요ㅋ 메아리처럼요ㅋ"

"고맙당. 낮잠이나 자야겠당"

"좋은 꿈 꾸세요"

(……)

"근데, 아무 일도 없는데 난 왜 이리 늘 가슴이 아프냐 ㅠㅠ"

"사랑이 많으셔서 그래요"

"그런가. 이번엔 진짜로 잘란다!"

"네. 어서 주무세요. 눈 올 거 같아요……"

이승의 허리짬을 아득히 비켜나가는데 히말라야 산협이 희끗희끗 스친다. 토막잠 끝에 눈을 뜨니 눈이 내리고 있다. 끄는 걸 잊은 티브이에선 김정일 운구차가 눈 쌓인 평양 거리를 지나는 중이다. 3대가 '왕'을 물려주고 물려받는 이상한 체제가 우리 땅에 존재한다고 생각하면, 가슴이 막 답답하다. 남쪽은 자본독재로 신음 소리 높고, 북쪽은 정치독재로 비명 소리 높으니, 내 나라 한반도의 운명을 과연 어찌 헤쳐나가야 할는지, 원.

논산집이 춥고 쓸쓸하다는 핑계로, 걸핏하면 서울로 올라와 아내의 밥을 얻어먹는다. 밥이야, 워낙 식탐이 없어 늘 밥맛이 좋은 건 아니지만, 그중에서도 가장 맛없는 밥은 혼자 먹는 밥이다.

끝없이 사람 사이로 가고 싶은 욕망과 끝없이 사람을 등지고 가고 싶은 욕망의 간극 사이에 내가 서 있다. 그 두 가지 욕망은 마치 찰나의 영광과 불멸의 꿈처럼 멀다. 하나의 길은 현실에 있고 다른 하나의 길은 초월에 닿아 있다. 삶은 이 근원적 모순을 극복하려는 지난한 도정인지 모른다.

간밤엔 결국 서울로 와 작가들 몇몇과 포도주 소주 매실주를 섞어 마셨다. 소주에 커피를 섞어 마시면 맛있다는 걸 처음 알았다. 문학주변부의 이야기도 더러 했지만, 대부분은 유재석의 초대를 받은 일단의 예능프로, 출연자들 모임 같은 분위기였다. 진지해지는 건 두렵다. 확신이 없는 시대이기 때문이다. 그래도 작가들과 함께해서 좋은 건, 젊었거나 늙었거나, 그들은 존재의 쓸쓸함을 이해하고 받아들일 준비가 돼 있다는 것 때문이다.

지난여름 죽은 늙은 매화를 내다보고 있자니 논산집에 두고 온 빈사 상태의 금붕어 생각이 난다. 그놈 살아 있을까. 생텍쥐페리의 소설 《인간의 대지》에 이런 삽화가 나온다. 비행기가 사막 한가운데 불시착했을 때, 거의 절망적 상황에서, 생텍쥐페리가 조수에게 부서진 비행기 안에 물이 있는지 살펴보라고 이른다. 조수는 권총 한 자루를 들고 나와 말한다. "물은 없고 이게 있어요." 절망이 깊어 조수는 그 고통과 두려움을 중절시킬 방도를 먼저 생각했던 것이다. 생텍쥐페리는 극도로 화를 내며 권총을 멀리 내던지고 소리친다. "우린 반드시 살아 돌아갈 수 있어!"

극한의 절망 속에 서면, 모든 존재가 선택하는 길은 두 가지로 요약된다. 권총을 찾는 자와 그것을 단호히 내던지는 자. 나의 금붕어가 후자의 길을 선택하기 바랄 뿐이다. 내가 그럴 것이므로.

치과에 다녀왔다. 의사가 나보고 "최소한 어금니 두 개는 박아 넣어야겠는데요." 했다. "두 개나! 하나만 박아 넣으면 안 될까요?" "윗니 세 개가 짝이 없으니 하나만 하면 제대로 기능 못할 거예요." 여기서도 굳이 짝을 찾아 맞춰야 한다는 게 우습다. 따지고 보면, 무엇이 됐든지 간에, 인류 역사의 대부분은 짝을 맞추느라 고단했다. 짝 맞추는 건 힘의 균형이니까. 음양의 합일, 안과 밖의 조화니까. 나는 이빨 짝 맞추기는 뒤로 미루고 나와, (치과는 무섭다) 생살을 찢은 곳에 공학적으로 만든 이를 나사로 돌려 박아 넣는 거보다, 차라리 윗니를 더 빼서 아래위로 짝을 맞출까 궁리했다. "맘대로 하셔요. 그럼 뭐 죽만 먹어야겠지." 아내가 날 비웃었다. 밥보다 죽 끓여 반찬 별로 없이 상을 차리는 게 아내 입장에선 더 수월할 것이다. 젊은 날엔 이를 아침 식전에 한 번만 닦았다. 이럴 줄 알았으면 맹세코 이를 잘 닦았을 텐데. 그나저나 이가 더 소중한가, 혀가 더 소중한가. 아내가 비웃는 게 싫어 나는 꾹 입 다물고 딴생각에 빠졌다. 이가 없으면 못 먹고 혀가 없으면 말을 못할 터, 아무리 식탐은 적고 말은 많은 사람이지만, 결론은 쉽지 않았다. 밥이냐 평생 죽이냐, 에서 밥이냐 말이냐, 로 하루 종일 오락가락이다. 공학적으로 이를 뼛속에다 박아 넣으려면 무지하게 아플 것이다. 이러면서 살아갈 일이 까마득하다.

연말과 새해를 함께 맞자면서, 논산 조정리에 내려온 아내가 밤이 되자 화투를 찾는다. "화투는 왜?" "고스톱이라도 해야 할 거 같아서." 너무 고절하고 조용하니 아내는 적응이 안 되는 모양이다. "고스톱은 무슨." 화투는 물론 없다. 티브이도 없다. 어둠은 깊고 고요는 견고하다. "그때, 강경 집으로 시집갔을 때, 방바닥에 파묻힌 장롱 보고 나서, 마당 수돗가 나와 앉아, 나 혼자 별 보고 울었던 거, 당신 모르지?" 땅끝 어두운 동굴에 밀려와 있다고 생각하면 갈 길은 하나뿐이다. 오래된 커플은 더욱 그렇다. 누더기가 된 기억의 굽잇길로 나아가는 것이다.

아내가 결혼식 전 서울에서 사 보낸 장롱은 티크장롱으로 일반장롱보다 키가 커, 천장이 낮은 시골집 방에 들여놓을 수가 없었다. 강경읍 채산동, 동네 사람들이 다 모여들어 온갖 아이디어를 내놨다. 결론은 방바닥을 파서 장롱을 내려 앉혀 놓자는 것이었다. 동네 장정들이 달려들어…… 방바닥을 장롱 넓이로 파고 농을 내려 앉혀 들여놓았다. '들여놓은 것'이 아니라 장롱을 땅에 '심은 꼴'이었다. 그때의 티크장롱은 다른 것과 달리 받침 부분이 꽤 높았기 때문에 '심는 것'이 가능했다. 나는 아내의 말을 못 들은 척 딴 데를 본다. "설마, 장롱도 못 들어가는 집이 있다는 걸 당신한테 시집와 처음 알았네." 아내

는 옛날이야기로 밤이라도 새울 기세다. 새해 맞으면서 밥이라도 얻어
먹을 요량으로 데려왔는데, 잘못된 선택인 듯싶다. 옛날이야길 하면
나로선 얼굴 치켜세울 일이 거의 없기 때문이다. 차라리 화투를 사올
걸 그랬다.

　　　사랑도 생로병사가 있다. 오래되면 사랑은 지하로 스며
들고 지상엔 기억만이 남는다. 오늘 밤의 조정리에서처럼, 세계가 멀
다고 느끼면 의식은 자연히 내면의 안뜰로 옮겨간다. 그곳에 오래되어
화석화된 기억들이 있다. 삼독이라 불리는 '성냄'과 '욕망'과 '무지'
까지 휘발된 기억들은, 너그럽고 편안한 본성을 닮는다. 고요함이 주
는 특별한 선물이 아닐 수 없다.

　　　조정리는 낚시하는 마을이란 뜻이다. 내가 낚아야 할 것
은 역사에 깃들어 있는 의미 있는 기억의 편린들이다. 나는 이곳에서
내가 채집하는 그것들에 대해 쓸 것이다. 아내는 사사로이 나의 기억
속으로 들어오는데, 나는 반대로 세계의 기억을 좇아 지금 창을 넘어
어두운 호수를 가로지르는 중이다.

아침에, 김근태 전 의원의 죽음을 알리는 뉴스를 접하고, 나는 한 시대에 조종이 울리는 걸 들었다. 민주화의 열망이 뜨거웠던 시절, 가난했던 시절은 고통만큼 사랑도 희망도 뜨거웠다. 그에 비해 오늘 우리 가슴엔 어떤 불길이 타오르고 있는가. 모든 게 불확실한, 수상한 시간이 우리를 부르고 있을 뿐.

몇 년 전 '예술의 전당'에서 무슨 연주회였던가, 함께 감상했다. 그는 문화가 다음 시대의 중심이 될 거라고 말했다. 그 후엔 만나지 못했다. 그는 사려 깊었고 따뜻했으며 신념에 따라 산 사람이었다.

새해를 맞기 위해 논산 조정리로 왔는데 그의 죽음 때문에 종일 우울하다. 빈사 상태의 금붕어는 아직 살아 있지만 좋아진 것 같진 않다. 금붕어에게 물을 갈아주고 나니 어둡다. 호수가 어둠의 심지 같다. 어둠을 지어내는 이 어디에 있길래 이리 저녁마다 땅끝까지 매일 파죽지세로 진군해오는 걸까.

2011년 12월 31일   논산

　　섣달그믐밤이 되면, 새 출발에 대한 지순한 예감을 느낀
다. 어쨌든 전인미답의 시간을 감각적으로 느끼기 때문이다.

　　아내는 종일 내일 아침 떡국 끓일 준비를 한다. 제자들
에게도 이번 새해엔 세배를 받지 않겠다고 천명하고 '조정리집'으로
내려온 터라 올 사람도 거의 없을 텐데, 해마다 세배꾼들에게 수십 그
릇씩 떡국을 끓여내는 게 어느덧 아내의 버릇이 되어, 올 사람이 없다

고 해도 아내는 넉넉히 떡국 거리를 다듬는다. 아내는 아마 세배 오는 제자도 없을 정년퇴임 후의 첫 번째 설날에 내가 혹시 쓸쓸해하지 않을까, 미리 이모저모 마음을 헤아린 모양이다. "올 사람 없다는데 그러네!" 나는 짜증스럽게 말하면서, 그러나 눈은 창 너머 호숫가 길을 내다본다. 내가 오지 말라 했지만, 마음의 심지가 깊은 제자들 몇은 아예 섣달그믐밤을 여기 와서 보낸다고 했던 터, 지금쯤 기차에서 내릴 시간이라고, 나는 속으로 시간 계산을 해보고 있다. 사람의 마음이라는 게 겨우 이렇다.

올해는 신수가 별로 좋지 않았다.

봄에 펴낸 장편 《나의 손은 말굽으로 변하고》는 '대표작이 됨직하다' 는 일부의 평가에도 불구하고 영 팔리지 않았고, 대학을 그만두고 나올 땐 사소한 일이 빌미가 되어 계획했던 프로그램을 다 걷어치우는 바람에 마음에 짙은 얼룩을 남겼으며, 문화예술 판에 도움되는 일이 있을까 해서 생기는 것도 전혀 없는데 자의 반 타의 반 맡아왔던 '서울문화재단 이사장' 이나 '연희문학촌 촌장' 등 몇 가지 직함은, 뜻한 바 있어 7월 1일자로 모조리 사표를 냈는데, 저쪽에서 사무처리를 고의적으로 늦추는 바람에 내 뜻이 본의 아니게 훼손됐다. 늦가을엔 계약되지도 않은 '금강' 관련, 모 신문의 오보 때문에 구설에 오르기도 했다. 세상에 그런 내용을 일면 톱으로 올리다니. 그뿐인가. 조정리로 내려오는 일도 갈팡질팡, 뜻대로 되지 않았다. 맘먹은 대로 되는 일이 하나도 없었다. '삼재' 가 곱빼기로 꼈나 하고, 용한 점쟁이라도 찾아 나서고 싶었던 적이 한두 번이 아니었다.

그러나 세속적으로 보아 그렇다는 것이다. 책이 많이 안 팔려서 나는 번다한 일을 줄였고(책 잘 팔리면 계속 산만하고 잡다한 역할이 생긴다) 정년 관련 '스케줄' 을 그만두는 바람에 꿈꾼 대로 멋진 마무리는 안 됐으나 그 과정에서 겪었을 심리적 부담은 오히려 피할 수 있었으며, 몇몇 직함의 사무적 처리는 내 역량 밖의 일이었다. 아, 그리고 논산행은, 내 뜻이라기보다 뭐에 씌웠다는 표현이 어울릴법하니, 지금은 그 평가 불가.

그러고 보면, 특별히 나빴던 한 해였다고 말할 것도 없겠다. 분명한 것은 올해 나는 '한 시기'를 끝냈다는 것이다. 절필 이후 지난 15년 동안, 나는 오로지 우물 밑으로 깊이깊이 내려가 존재의 근원을 붙잡고 싶었던 '갈망의 시기'를 겪었다. 니르바나적인 것에 대한 그리움에 늘 가슴이 탔고, 존재론적 번뇌로 자주 집을 떠났으며, 그런데도 그 '갈망'을 게워내지 않으면 죽을 것 같아 쉬지 않고 썼다. 돌이켜 보거니와, 나는 그동안 어떤 이상하고 이상한 터널을 지나왔던 게 틀림없다.

물론 다 끝난 건 아닐 터이다. 삶은 매번 어두운 터널의 연속이다. 지금은 어두운 터널을 지나 새로운 열차로 갈아타기 위해 막 티켓팅을 하고 있는 느낌이다. 2012라는 패찰을 단 새로운 열차가 오고 있다. 오로지 희망으로 직진하는 열차는 어차피 없을 것이다. 희망은 나약한 자들의 관념에서 나온 말일는지도 모른다. 희망이라고 말하지 않으면 모든 걸 검은 휘장으로 덮으려 들 테니까. 희망이 당위를 갖더라도, 희망은 열거될 수 없다. 2011, 2012, 2013…… 이런 식으로 말하면 시간은 수직선이 된다. 하지만 생의 시간은 기계적 수직선에 자리매김하지 않는다. 상상력과 기억의 눈을 가지고 있는 우리에게, 삶의 시간은 매우 입체적이며, 때론 입체의 한정도 뛰어넘는다. 비의 적인 생의 이면을 생각하지 않고 얻는 만족이란 사실은 마취제에 불과 할 터, 새로 다가오고 있는 또 다른 나의 '한 시기'에 과연 나는, 어떤 시간의 입체 속으로 들어가 무엇에 헌신하게 될까.

주란이와 소영이와 현진이가 세배를 하겠다고 먼 길을 왔다. 1박2일의 세배길이다. '소수정예'라고 생각하니 더 고맙고 뿌듯하다. 함께 술 마시고 놀다가 지금 막 자러 들어갔는데, 방이 춥진 않은지, 피곤하진 않은지 노인네처럼 걱정이 쓸데없는 태산이다. 아무래도 나는 밤을 꼬박 밝힐 모양이다.

아내를 재우고 나서 혼자 엎드려 지금 검은 호수를 내다보고 있다. 주란이와 소영이와 현진이가 자지 않고 키득거리는 소리가 아래층에서 노랫소리처럼 명랑하게 들린다. 호수는 아득하게 물러나 있다. 나는 창가에 서서 여명을 기다린다. 시간의 예감이 주는 신호를 수신하려고 내 귓구멍은 물론 온몸의 세포들이 트럼펫의 주둥이처럼 어두운 호수를 향해 한껏 열려 있다. 지난여름에 고백한 적 있거니와, 돌아보면 아버지라는 핑계, 누군가의 남편이라는 핑계, 어디 어디에 소속되어 있다는 핑계로 늘 '차선의 선택'을 따라온 인생을 살았다고 느낀다. 나의 회한은 대부분 거기에서 비롯된 것이다. 그러니 이렇게 다시 말하고 싶다. 한 시기가 끝나면 한 시기가 시작된다고. 인생이란 새로운 시간의 입체적 설계라고. 지금은 '바르도'의 시간이라고.

이제, 평생 찾아 헤매던, '최선의 길'을 선택해, 생의 비의로 들어가는 큰 문을 만나고 싶다. 그것이 비록 '수직상승도'라고 불리는 최후의 그것일지라도.

2012년 1월~2월 그리고 3월 하루

새로운 '한 시기'의 봄꿈을 꾼다

2012년 1월 1일   논산

　아침에 눈을 뜨면 남쪽 창으로 이런 풍경이 들어온다. 사진엔 보이지 않겠지만, 새들의 마을이다. 어떤 때는 새떼 소리에 잠을 깨기도 한다. 호수는 반대편 창 너머에서 고요하다.

　올해는 성내지 말아야지. 올해는 속 좀 넓혀야지. 아, 올해는 더 깊어져야지, 하면서 자꾸 창 너머 호수로 가뭇없이 투신하는 세설을 내다본다. 올해는 울지 말아야지, 라는 말도 혀끝에 걸쳐 있지만, 자신 없어 말을 아낀다. 어떤 땐 어린 들꽃 한 송이에도 눈가가 젖고 어떤 땐 유행가 한 소절에도 닭똥 같은 눈물이 주르륵 흐른다. 전생에 얼마나 정한 많은 슬픔을 겪었으면 이 나이가 돼서도 이럴까, 하고 자탄할 때도 많다. 나이가 들면 존재에 대한 연민이 턱없이 깊어지니 더욱 걱정이다.

    주란이와 소영이와 현진이 이외에도 예고 없이, 이곳까지 먼 길을 찾아온 기특한 세배객들이 있다. 소설 쓰는 기호와 현종이가 그렇고 시 쓰는 형준이, 상수, 설해가 그렇다. 잊을까 봐서 이름을 굳이 써둔다. 그들은 학교를 떠난 첫해 설날 아침의 내 기분을 속 깊이 헤아린 것이다. 나의 '시험'에 들지 않은 그들이 있어 논산 조정리의 설도 제법 명절 티가 난다. 아내가 떡국 준비를 하는데 기어이 눈이 내린다. 서설이다. 멀지 않은 곳에 사는 '아이비' 카페 주인과 '별장가든' 후배가 거의 동시에 떡국을 끓여놨으니 먹으러 오라는 전화가 온다. 여기 있으면 인정에 따른, 이런 행복감에 종종 가슴이 뜨겁다.

    아비를 따라 먼 길을 온 상수의 어린 딸 소율이가 마당에 나가 눈사람을 만든다. 영민하고 이쁜 소녀다. 눈이 계속 내린다. 소율이를 도와 눈사람의 얼굴을 들어 올려주는 박상수 시인의 뒤태가 너무 보기 좋다. 흑룡의 해라지만, 흑룡 같은 건 추호도 되고 싶지 않다. 올해는 나이만큼 유순해지고 싶다. 유순해지지 않으면 평화를 얻기 어렵기 때문이다. 온 국민이 다 용이 되면 세상이 어떻게 되겠는가. 나만이 아니라, 많은 사람이 더욱더 유순해졌으면 싶다. 유순해져야 다른 이의 사랑이 보일 것이다. 다른 이의 사랑을 봐야 관용이 생길 것이고.

올해엔 무엇보다 나의 작은 실수들도 얼른얼른 용서해 주고 싶다. 내 모자람, 뒤처짐을 우선으로 용서해야겠지. 나를 계속 책망하고 있으면 유순해지기 어려울 테니까.

눈은 종일, 세설이다. 세상의 모든 경계가 세설로 지워져 흐릿하다. 보기 참 좋다. 세상이 다 유순해 보인다.

섣달그믐날부터 시작된 물의 전쟁. 며칠 집을 비우는 바람에 수도관이 얼어버린 것이다. 세배객들도 자꾸 오는데 화장실조차 쓰지 못하니 난감했다.

업자들이 와서 해빙기를 들이대고 땅까지 파헤쳤으나 물길은 열리지 않았다. 짐 싸서 올라가야 할 입장이었다. 그때 나온 아이디어가 소방서로 긴급 구호 요청을 하자는 것. 총대를 멘 것은 역시 '스마트 청년' 지부철. 물탱크가 크지 않아 사흘 동안 소방차가 두 번이나 와서 물을 공급해주었다. 이런 고마울 데가. 그늘에서도 시민 편의를 위해 일하는 소방대원들께 축복 있기를.

물길은 여전히 뚫리지 않은 상태. 오래된 집이라 외풍이 세서 추운 것도 큰 문제다. 그나마 밑자리 따뜻한 작은 방에 쫓겨 들어와 그 방에서만 밥도 먹고 차도 마시면서 지낸다. 아내가 "이런 데서 어찌 사누." 혼잣소리를 한다. "저 창 너머 황산벌에선 계백이 죽고 후백제 견훤이도 망했어. 고향에 가지 못하고 죽은 사람이 부지기수인 게 고난에 가득 찬 우리 역사였다구. 물 안 나오고 집 추운 게 뭐 대수라고!" 내 말에 "거기서 왜 계백 장군이 나와?" 아내는 한심하단 표정으로 혀를 찬다.

고향 후배들 여럿 하고 점심을 먹고 들어왔다. 연초라선지 모두 표정이 밝아 보기 좋다. 마당으로 들어서는데 날씨 따뜻해 눈사람이 그새 고개를 조금 뉘었다. 햇빛이 맑고 다사롭다. "해만 뜨면 정말 좋은 동네인데." 나는 중얼거린다.

아내는 오수에 잠기고 나는 《티베트의 지혜》를 읽는다. 최고의 수행 방법으로 제시되는 전통적 방법의 세 가지는 첫째 정견, 둘째 명상, 셋째 행위라고 이 책은 가르친다. 존재의 근원을 똑바로 꿰뚫어보는 정견도 어렵지만, 정견을 다져 끊임없이 체험으로 만드는 명상은 더 어렵고, 그것들을 삶의 일상에서 더불어 합일시키는 행위는 더더욱 어렵다. 그러나 나의 입장에서 일상과 글쓰기와 종교적 이상을 합치는 것이야말로 가장 어려운 일일 터이다. 종교적 이상을 좇아 마음의 평화를 얻는다면 더 쓸 일도 이유도 없을 테니까.

헬리콥터가 호수 위를 선회하고 있다. 근교에 있는 항공학교에서 떠오른 헬리콥터. 햇빛이 헬기 날개에 걸려 솜처럼 잘게 찢어져 흩어졌다가 금방 아물어 복원된다. 햇빛은 어떤 충격으로도 훼손되는 법이 없다. 허공이 그런 것처럼.

　오늘은 혼자 불현듯, 북한산 길을 걷는다. 해가 떴는데도 내가 앉아 있는 곳엔 설편이 날린다. 역광을 받으며 첩첩 포개진 골골이 다 깊고 옹골차다. 산은 어디든 아늑한 근원과 맞닿은 자궁을 품고 있다. 우리가 애당초 떠나왔던 그곳. 산에 들면 마음 편안해지는 것도 그 때문일 것이다.

　　물도 안 나오고 추워서, 간밤에 충동적으로 서울로 올라
왔는데, 아침녘 눈을 떴을 때, 비몽사몽 간 사진(아래) 속, 이 어른이 떠
올랐다. 잘 계신지. 이 분은 움직이진 못하지만 하늘에서 왔고, 스스로
고요하지만 세상의 온갖 소음을 참는다. 그리고 무엇보다 이 분은 세
속의 권력 센 자와 재물 많이 쌓은 자와 지식 높은 자들과 달리, 겉과
속이 똑같이 희다. 이 어른처럼 되고 싶다.

연전 '학고재'에서, 안종연 화백의 전시회에 〈박범신〉이라는 특별한 제목의 그림이 걸린 적이 있다. 안 화백은 당차고 속 뜨거운 화가다. 오로지 내 장편소설 《주름》만을 텍스트로 해서 다양하게 작업해 얻은 여러 작품을 전시실에 꽉 채워 연 전시였다. 〈박범신〉은 100호가 넘음 직한 입체적 그림이었는데 다행히 금방 팔렸다. 마른 남자가 중앙에 벗고 서 있는데, 좌우로 수많은 다른 사람들이 갖가지 포즈로 겹쳐 있는 그림이다. 그 중엔 여자도 많았다. 사진의 그림은 안 화백이 나중에 원작보다 훨씬 줄여 만들어 내게 선물한 것이다. 처음부터 나를 염두에 두고 그린 건 아닐지라도, 안 화백은 결과적으로 나의 내면을 참으로 예리하게 포착해냈다.

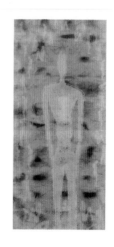

그림처럼, 내 안에 내가 너무 많다. 내 속엔 많은 남자와 더 많은 여자가 깃들어 있다. 여성성은 나이 들면서 나날이 증가한다. 젊을 때는 세상과 맞서 싸우느라 억압당해 있던 내 본체의 일부다. 자려고 누우면 가수 상태에서 어머니의 갈퀴 같은 손이 엉덩이 맨살을 쓰다듬는 느낌이 선연해지는 것도 요즘 하는 경험이다. 감각적인 경험의 수명은 놀랍

다. 몸에 찍힌 기억들은 세월이 갈수록 옹이처럼 오히려 단단해지고 내부로부터 확장된다. 마치 무성한 잎이 다 떨어진 다음 나무줄기가 밖으로 드러나 보이는 것처럼.

그렇다고 내 안의 수많은 내가, 응고되어 고착된 것만도 아니다. 증식을 계속하면서 그것들은 내적 분열을 거듭한다. 나이 든 사람들이 '점잖게' 앉아 있는 모습은 내가 보기엔 가짜 모습이다. 그는 일상적인 추락과 상승을 거듭하는 불연속선에 항시적으로 걸쳐져 있다. 내가 그러하니 내 안의 그들도 그러하리라고 나는 상상한다. 화석화 과정을 겪는 것은 바깥의 얼굴뿐이다. 나의 문학적 에너지도 알고 보면 그 위험한 내부 분열에서 나온다. 삶의 유한성이 주는 슬픔을 지혜롭게 넘으려면 창조적인 작업에 열중하는 게 좋다. 전문가가 꼭 될 필요는 없다. 중년에 준비하고 시작해야 할 일의 하나로, 늙어가면서 어떤 창조적인 작업을 연마할 것인가, 어떻게 창조적인 자아를 위로할 것인가가 중요한 것은 그 때문이다.

그런데 여기, 딜레마가 있다. 창조적인 작업은 내 안의 나를 더 극적으로 분리해서 저희끼리 싸움을 시키는 게 좋은데, 내 안에서 그런 내적 분열이 상시로 일어나면 개인적 일상은 매우 위태롭고 불안한 상태에 놓일 수 있다는 것. 내적 분열은 방부제와 같아 우리 삶을 매순간 생생하게 만들지만, 대신 일상을 가지런히 유지하려면 자기 억제의 고단함을 견디어야 한다는 것이다. 나이 들면서, 정신과 육체의 일체화된 화석화를 통해 가지런하고 심심한 일상을 살 것인가, 아니면 내적으로 조금 위험해지더라도 그 분열을 수고롭게 감당하며 생생히 살 것인가. 선택은 전적으로 자기 몫이다. 쉽지 않은 일이다. 그리고 이 문제의 본질은 구태여 나이 먹은 사람에게만 해당하는 것도 아니다.

인간은 생애 전 과정을 통해 늙기 때문이다. 이십 대엔 이십 대의 속도로, 삼십 대엔 삼십 대의 속도로, 오십 대엔 오십 대의 속도로 늙어간다. 그러므로 어떻게 시간과 맞부딪쳐 나갈 것인가 하는 명제에서 진실로 자유로운 존재는 없다.

논산 사는 셋째 누님과 조카 내외를 서울 목동에서 픽업해 내 차로 함께 내려왔다. 낮엔 서초동에서 조카가 사주는 새꼬시를 먹었고, 저녁엔 논산 누나네 근처에서 국밥을 먹었다.

여든이 다 된 매형께서 밥을 먹다 말고 "내가 장가들 때 우리 처남이 택시 안에서 뛰어다녔는데" 하시자 허리가 잔뜩 굽은 누님이 행여 내 흉이라도 말허리에 묻어나올까 봐 "우리 동생은 그때부터 특출했어" 하고 동문서답, 받아 챈다. 무엇이 특출했는지 내용도 근거도 없다. 미국시민으로 살고 있는 쉰 살 넘은 조카딸 부부가 그냥 웃는다. 반세기 더 지난 기억들이 준마처럼 머릿속으로 달려 들어온다. 논산에 내려와서 만나는 논산에서의 기억들은 다 엊그제의 일처럼 가깝고 생생하다.

처녀 때 셋째 누님은 참 이뻤다. 저녁이면 멍석 깐 마당에 누님과 누님 친구들이 둘러앉아 수를 놓으면서 가만가만 돌림노래도 하고 옛날이야기도 했다. 나는 누님들이 해주는 옛날이야기에 매번 홀딱 빠져들었다. 내가 소설의 기반인 '이야기'에 눈 뜬 것도 당연지사 그 마당에서부터. 모든 이야기란 먼 곳, 먼 시간을 꿈꾸는 자들이 지어내는 것이다. 나는 누님들의 이야기를 들으면서 비로소 내가 보는 것만이 세계의 전부가 아니라는 걸 알았다. 내 앞에 미지의 긴 시간이 놓여 있다는 것도.

티베트불교 사원에 가면 제일 먼저 만나는 것이 꼭대기에 그려놓은 눈이다. 제3의 눈이라고 불리는 이것은 영혼의 눈을 가리킨다. 이른바 사물의 근원을 꿰뚫는 정견의 눈. 사람은 사실을 보는 능력에 보태어 기억과 상상력의 눈을 갖고 있다. 상상력은 기억과 현상 사이의 다리이자 벽 너머를 보는 능력이다. 현상을 보는 사실의 눈에 기억과 상상의 눈이 보태져야 비로소 균형 잡힌 '이야기'가 가능하다. 여기서 균형은 안과 밖, 표면구조와 심층구조의 균형이다.

옛날에 비해 현상을 보는 눈은 과도하게 밝아진 게 사실이다. 정보화시대이기 때문이다. 그러나 그만큼, 기억과 상상의 눈이 퇴화한 것도 어김없는 사실이다. 달리 말해 이제 '이야기'하는 시대가 아니라는 것이고, 이야기가 사라지고 있으니 꿈도 사라지고 있다는 뜻이다. 우리가 서로 얼굴 맞대고 눈 마주치며 밤새 이야기하던 일들이 전설이 되고만 문화에선, 무엇을 하든 어떤 지위에 있든, 천형으로서의 고독을 면할 길이 없다.

누님 내외와 조카딸을 들여보내고, 호숫가 지나, 어두컴 컴한 조정리집 뜰로 들어섰더니, 맑은 달빛이 뜰에 흥건했다. 나는 한 참이나 뜰에 서서 달도 보고 달만큼 키 큰 상수리나무도 보고 그 사이 머리가 더 기울어진 눈사람도 보았다. 기억과 상상의 눈이 밝아지는 걸 스스로도 느낄 수 있었다. 먼 것들이 턱없이 가까워졌고 어둠 속에 있어 잘 뵈지 않았던 것들도 환히 보였으며, 아울러 내 몸이 아주 먼 데, 멀고 먼 시간에 와 있는 것 같았다. 내 안의 어딘가에 어떤, 일찍이 들어보지 못한 '이야기'들이 줄을 지어 들어차는 것도 온몸으로 느껴 졌다. 가슴이 부풀어 올라 나는 입을 한껏 벌렸다. 무엇인가, 새 일을 막 시작하려는 순간처럼 행복했다.

밤은 너무 고요하고 할 일은 없고, 그래서 참다가 다시 소주다. 반병쯤 스트레이트로 비웠더니, 짧은 주량인지라 취기가 봄날 죽순처럼 좌악 올라온다. 아깐 날아갈 듯 충만했는데 상승의 끝은 이내 하강이다. 내 감정의 변화무쌍함에 때론 내가 어질병 난다. 그래도 뭐 도스토옙스키나 헤밍웨이나 톨스토이에 비하면 난 양반이다. 그들만큼 잘 못쓰니 그렇겠지. 그나저나 사람들한테 나의 우울을 생중계해버리고 싶다. 자학인가. 그럴지도.

처음엔 이 층 서쪽 방에 주로 기거하리라 했다. 그곳에서 호수가 가장 이쁘게 내다뵈기 때문이다. 그러나 추워 견디기 어려워 밑자리나마 따뜻한 동북쪽 작은 방으로 근거지를 옮겼다. 그 방으로 먼저 이불이 오고, 다음으로 읽던 책이 오고, 또 다음으로 재떨이, 간식, 물그릇 등이 줄줄이 따라와 방바닥을 채운다. 네 평짜리 좁은 방이다. 때론 발 디딜 곳도 없다. 잘 때는 쿨하게 잡동사니들을 가장자리로 쑥 밀어놓고 요를 깐다. 내가 마누라가 없나 안락한 집이 없나, 하고 혼자 중얼거리면서. 안주는 호두와 와플뿐이다. 마누라가 해 준 음식도 냉장고에 쌓였지만 내오기도 귀찮고 먹고 싶지도 않다. 더 빨리 취하고 싶다.

오늘 밤은 그냥 '당신' 때문에 가슴 어디가 '부서진다'
고 말하고 싶다. 무너진다고. 그 '당신'이 누구인지 잘 모르겠다. 알 것
도 같고 모를 것도 같다. 당신 제때 밥은 챙겨 먹고 사나, 당신 제때 자
신을 잘 돌보고 있나, 당신 제때 외롭지 않으려고 힘써 헌신하고 있나,
뭐 그런 것도 시시콜콜 물어보고 싶다.

호수가 어둠 속에서 얼만큼 가라앉아 있을까. '페이스북'에서 도망쳐 호수로 가고 싶다. 호수 밑엔 오래전에 내가 쓰고 버린 그 순결한 책상이 가라앉은 채 야광물고기처럼 빛나고 있을 것이다. 기차가 지나가면 창이 덩달아 떨곤 하던 '강경집'에서, 스무 살 문학청년 시절 쓰던 나의 책상은 투박하게 짠 나무책상으로 낙서도 많았고 칼자국도 많았다. 그 '더러운 책상'이 그립다. 그 책상에서 쓴 나의 문장들은 대부분 은밀하게 나에게만 바쳐졌다. 오직 나에게만 바쳐졌으므로 하늘에, 신에게만 바쳐졌다고 해도 과언이 아닐 터이다. 나는 그 시절 그 책상에서 밤마다 신과 교접하고 신과 이야기를 나누었다. 단언하건대, 나는 그때 놀랍게 깨끗하고 순결했다. 당연지사 내 책상도 놀랍게 깨끗했다. 독자와의 관계가 생겨나면서, 나는 옛날 내가 쓰던 그 '깨끗한 책상'이 날이면 날마다 모질게 그리웠다. 옛날의 그 책상에 비해, 낙서도 칼자국도 없는 지금의 내 책상이 사실은 더 '더럽다'고 느낀 적도 많았다. 슬프고 황당했다. 그렇다면 당신, 독자도 질병이란 말인가. 아니다. 나의 문장을 두고, 비겁하게 핑계 대고 싶지 않다. 어떤 환경에서 쓰이던 '문장'은 나의 것이니까. 그렇다면, 책상을 닦아야지. 걸레로 닦아서 안 되면 내 머리, 내 손, 내 피부로 닦아야지. 아니 내 눈물, 내 피를 적셔 싹싹 부벼 닦아내야지. 핥고, 부비고, 깎아내야지.

종국에, 꿈꾸던 대로 아주 '순결한 책상'을 내가 다시 갖게 된다면 그날은 내가 책상과 한몸이 되어 호수 밑으로 완전히 가라앉는 날이 될 것이다. 아니, 그 전에 나는 어쩌면 책상을 뜯어먹을 것이다. 나의 일용한 양식으로. 순결한 책상으로 포식하고 싶다. 이따위, 술이 아니다. 책상으로 배를 빵빵히 채운다고 상상하니, 아, 전율이다. 황홀하다.

소주를 한 병 더 마셔야겠다.

눈 뜨고 나서도 한 시간이나 그냥 누워 있었다. 간밤 숙취로 머리도 아프고, 취해서 올린 '취복' 문장들이 부끄러웠다. 시청에 다니는 후배 김이 오지 않았으면 내처 누워 있었을 것이다. 문화예술을 누구보다 아끼고 경외하는 후배다. 간밤의 내 숙취를 이미 알고 온지라 좋은 '카페'가 있다면서 무조건 차에 타라 했다. 호숫가 길은 햇빛이 좋았다. 멀지 않은 곳에 있는 카페였다. 널찍한 마당이 있고 실내는 민속적인 소품들이 즐비했다. 덕성스러워 보이는 안주인이 정성껏 끓여다준 버섯 전골로 아침 겸 점심을 먹었다. 따뜻한 후배 덕에 온기가 확 돌았다.

오후엔 논산문화원에서 펴낸 《논산의 어제 이야기》를 계속 읽는다. 연세가 많은 어르신이 논산에서 살며 겪은 이야기를 채록, 편집한 책이다. 편한 맘으로 읽기 시작했는데 편한 마음이 유지되지 않는다. 우리의 비극적인 현대사가 너무도 생생히 수록돼 있기 때문이다. 특히 일제강점기와 6·25에 대한 리얼한 고백들을 읽을 땐 슬픔과 분노가 동시에 치밀어 올라 한숨을 쉬기도 한다. 불과 반세기 조금 전의 현대사인데도 어떤 대목은 믿어지지 않는다. 여전히 협소한 정파주의에 사로잡혀 제 기득권만 챙기려는 지도 그룹의 저 진흙탕 싸움이 부끄럽다. 일제강점기나 6·25로부터 우리의 역사가 과연 얼마 만큼이나 걸어 나왔는지 모르겠다.

빈사의 금붕어는 여전히 그 상태로 살아 있다. 3주가 넘는 긴 시간이다. 이놈만 들여다보면 가슴이 답답하다. 근세로부터 현대사에 이르기까지, 아니 그보다 더 오래전부터, 이 금붕어처럼, 빈사 상태를 강요받으며 고통스럽게 살아가는 사람들이 있다. 그런 이들에게 '자력갱생' 하라는 말은 아무 의미가 없다. 중요한 것은 자력갱생할 수 있는 정치 사회적 시스템을 갖추고 공평하게 집행돼야 한다는 것이다. 그런 일은 나 몰라라, 정파 쌈질에 여념 없는 잘난 정치꾼들, 일인 독식주의로 무장한 기업인들, '고물' 이라도 얻어먹자고 거기에 기생하고 있는 지식인들, 밉다.

　　　《논산의 어제 이야기》가 아니라 우리 역사의 어제, 오늘의 이야기를 읽고 있는 느낌이다. '어제' 를 읽지 않으면 '내일' 도 없다는 걸 젊은 청년들이 알았으면 좋겠다.

저물녘, 남쪽 창으로 들어오는 숲의 나무들, 꼼짝도 하지 않고 제 몸을, 번져드는 먹물에 내맡기고 있다. 나도 시체처럼 누워 먹물이 서서히 몸 안에 스며들게 그냥 둔다. 이윽고 완전히 어두워지면, 나무들과 나 사이에 아무런 거리도 남지 않게 될 것이다. 내가 나무가 되고 나무가 내가 되는 경험이다.

아인슈타인에게 제자가 물었다. "선생님은 어떻게 학문으로 성공했나요?" 아인슈타인은 노트에 이렇게 썼다. "$s=x+y+z$" 그리고 아인슈타인은 설명했다. x는 과묵, y는 생활을 즐기는 일, z는 한가로움이라고. 말을 적게 하고 즐기면서 생활하며 한가한 시간 많이 가지는 게 성공(s)이며, 성공의 열쇠라는 말이었다.

그동안 내가 '성공' 하지 못했다는 걸 아인슈타인의 삽화를 듣고 알았다. 나는 말이 많고 싸우듯 생활했으며 평생 한가할 겨를이 없었다. 그러나 좀 늦었다고 해서 '성공' 을 포기할 수는 없으니, 고요하지만 맘은 즐겁게, 그리고 한가로이, 저무는 시간을 오랜만에 보내고 나서, 오늘 밤 아인슈타인식의, 새로운 성공 예감을 나는 느꼈다. 예감만 갖는 것도 어디인가.

2012년 1월 7일 논산

아침은 팥죽이다. 앞집 사는 젊은 부인이 엊저녁에 가져
다준 것이다. 친절하게도 보온병에 커피까지 담아왔다. 남편은 집 짓는
사람인데 질끈 묶은 머리, 개결한 눈빛으로 보건대 장인적 기질이 강한
것 같고 부인은 단아한 외모에 무용을 전공했다 한다. 이 외진 곳에서
십 년 넘게 터 잡고 산 것만 봐도 속이 옹골찬 분들이 틀림없다. "도시
사는 사람 안 부러워요." 부인의 말이다. 양주가 다 참 좋아 보인다.

조정리는 낚시 조(釣)에 정자 정(亭)자를 쓴다. 탑정호 서남
쪽에 자리 잡고 있으며 여러 개의 낚시 좌대가 떠 있다. 1943년 탑정
호가 생기기 전까진 수려한 계곡 따라 낚시터가 형성돼 있고 정자를
닮은 바위가 있었던 모양이나, 대부분이 수몰되는 바람에 현재는 불과
열 몇 가구만 남은 쇠락한 마을이다. "그나마 혼자 사는 가구가 거의
반에 가까워요." 얼마 전 들른 이장님의 말. 조정서원이 있으나 이 또

한 버려져 있다시피 해 쓸쓸하다. 논산시 강경읍은 일제가 수탈의 전진기지로 삼았던 곳이다. 논산, 강경 사이의 너른 벌판에서 질 좋은 쌀을 얻고자 저수지를 만들었는데, 그 바람에 여러 살림터가 물속에 잠겼으니 안타깝다. 조정리가 속한 가야곡면은 옳을 가 자를 써서, '옳은 사람들의 골짜기'라는 뜻을 함유하고 있다. 가야곡면은 14개 법정리와 28개 행정리를 갖고 있는데, 조정리는 그중에서도 가장 작은 마을에 속한다. 경관이 아름다우니 앞으로는 나처럼 살려고 들어오는 사람이 많아질 것이라 기대해본다.

햇빛 좋으니 팥죽의 힘을 받아 좀 걸어야겠다. 오른쪽으로 걸으면 곧 절벽 사이에 자리 잡은 카페 '아이비'가 나오고 왼쪽으로 걸으면 U자로 휘돌아가는 어귀에서 음식 맛 좋은 '별장가든'이 나온다. '아이비' 주인은 운동을 많이 해 헌헌장부의 기상을 가진 '몸짱'이고 별장가든의 바깥주인은 중학교 후배로서 경찰 신분이다. 두 분 다 강건하고 후덕해 내가 농담 반 진담 반으로 "내 경호실장 해!"라고 해 허락을 얻었다. 좌우로 호위하듯 자리 잡고 사는 두 '경호실장'을 생각하면 외진 곳이지만 마음이 편안하다.

오늘은 '아이비' 쪽으로 가야겠다. 커피도 한잔 얻어먹어야지. '아이비'엔 해 뜨는 정동 쪽을 향해 벼랑에서 솟아난 남근이 하나 불끈 서 있다. 너무 리얼해 보기 민망하기도 하지만, 사람들은 불가사의한 에너지를 이 남근으로부터 받아간다고들 한다. 암벽에 저절로 형성된 미륵상도 인상적이고, 호수를 향해 솟아 있는 소나무 숲도 보기 좋다. 절경이다. '우 경호실장'에 해당하는 주인이 내가 나이든 걸 고려해 '대추차'를 권하는데, 나는 굳이 커피를 마신다. '우 경호실장'은 실제 나이가 오십 대 중반인데 내겐 사십 대 중반도 채 되지 않는 것으로 보인다. 젊고 에너지가 넘치는 얼굴과 몸이다. 수줍음도 있어 때론 소년 같은 태가 나기도 한다. "동생, 그럼 또 보세!" 커피를 마시고 평매마을 쪽으로 내쳐 걷는다. 햇빛을 따라 끝없이 걷고 싶다.

'평매'는 호수로 가만히, 그러나 쑥 나앉은 정말 아름다운 마을이다. 사과, 배를 많이 키우는 과수원 마을로 드문드문 서 있는 집들도 풍경과 잘 어울린다. 과수나무가 대부분 고목인 것도 보기 좋다. 마을 어귀엔 조그마한 조각공원이 하나 있는데, 갈 때마다 집이 비어 있어 아직 주인은 보지 못했다. 작업실이 있는 걸로 보아 조각가가 주인인 모양이다. 뜰에 설치된 작품들은 그 빛깔과 형상이 다양하다. 젊은 조각가인 것 같다. 오늘도 역시 비어 있다. 나는 입구에 세워진 세 남자의 조각 작품을 오래 바라본다. 점심 식사 끝인지, 세 명의 노동자가 담소하고 있는 모습이 자연스럽다. 삶의 페이소스가 잘 묻어나 있는 작품이다.

저녁엔 대전에서 찾아온 제자 윤과 고향 후배인 김 의원 부부하고, '좌 경호실장' 부인이 운영하는 '별장가든'에서 닭볶음탕을 먹었다. 작가지망생 윤은 소설 쓰기에 대한 갈망을 버리지 못해 여기까지 나를 찾아온 것이다. 글쓰기는, 한 번 빠지면 성공을 하든 못하든 빠져나오기 어렵다는 점에서 일종의 바이러스 같다. 아침엔 산책하다가 '우 경호실장'이 운영하는 '아이비'에서 커피를 마셨는데, 저녁엔 '좌 경호실장' 부인의 닭볶음탕을 먹고 있으니, 아무래도 당분간 좌우 '경호실장'의 품을 벗어나긴 틀린 것 같다. 좋은 이들의 어깨에 슬며시 기대 사는 것이 얼마나 큰 복인가. 그나저나 김 의원 부부가 윤을 연무읍 터미널까지 데려다 준다고 싣고 갔는데, 대전까지 잘 갔는지.

김은 나이가 쉰인데 결혼한 지 넉 달쯤 됐다. 초혼이다. 처음 보자마자 '사나이다운 기개'와 우리부리한 눈빛에 담긴 '맑고 청렴한 기색'에 반해 내가 주례를 섰다. 한때는 험한 세월 관통하며 천지간 떠돌았으나 뜻한 바 있어 지금은 시의원으로 고향에 헌신하며 사는 후배다. 복이 많아 만혼인데도 조신하고 이쁜 처녀를 배필로 맞았다. '싸나이다운 기개'로 야인처럼 산 세월이 장고하니, 새삼 젊은 새댁 비위 맞추기가 쉽진 않을 것이다. 결혼생활이란 어쨌든 일단 새 둥우리 안으로 들어가야 하기 때문이다.

주례로서 한마디 묻는다. "부부 싸움은 없었고?" 그가 겸연쩍은 얼굴이 되어 "술 때문에" 한다. 그는 말술이다. 내가 짐짓 "술, 줄여야지!" 하고 나서 아미를 숙인 부인을 본다. 부인은 그냥 빙그레 웃고만 있다. 일단 젊은 새댁 역성을 좀 들고 부인에게 그를 이해하고 품넓게 품어주라고 훈수를 할 참이다. "제가요, 이 사람 말이라면 99프로가 아니라 100프로 굴복하고 있어요. 술도 뭐 거의 절제했고요." 쉰 살 신랑이 희희낙락 너스레를 떤다. 그냥 너스레가 아니다. 그가 부인의 뜻에 따르려고 이미 술을 많이 절제하고 있다는 건 나도 안다. "시의원이 주민들과 어울리려면 먹던 술, 완전히 끊어선 안 되겠지. 가정 돌보겠다고 주민들과 소원해져서야." 정치적인 내 말에, 부인도 수긍하는 눈빛으로 또 얌전히 웃는다. 두 사람 다 그 표정이 이쁘다.

집에 들어와 혼자 누웠는데, 이미 걸어본 길이라서, 그들 부부가 앞으로 겪어나가야 할 많은 일이 족집게처럼 짚인다. 더 싸울 일, 더 서로 등지고 돌아누워 한숨 쉬어야 할 일이 많을 것이다. 모든 사랑엔 시간의 시험이 기다리고 있다. 이제 4달째 신혼이니 겨우 문제지를 받아든 정도 아닌가. 앞으로 닥칠 여러 문제를 부디 이 부부가, 지금처럼 이쁘게 풀어갔으면 좋겠다.

톨스토이는 말했다. "사랑이란 우연에 의존하지 않는 유일한 행복이다." 세상에 공짜가 없다는 말은 사랑에도 그대로 적용된다. 결혼생활은 더욱 그렇다. 사랑이라는 것은 너무 강하면서 동시에 너무 연약하기 때문에 한순간이라도 우연에 맡겨두면 깨지기 마련이다. 자기희생이 필요하다. 긴 시간에 걸쳐. 사랑의 일상화를 가져올, 시간이야말로, 사랑의 가장 큰 적이라는 걸 이 부부도 살면서 곧 알게 될 것이다.

올해는 그들에게 새 가족이 생겼으면 좋겠다. 그래서 헤어지면 내가 한 말은 이렇다. "젊은 부부는 생산성 있는 사랑을 해야 윤리적인 겨!"

이불 속에 누운 채 읽은, 짧은 시 한 편으로 잠을 깬다.

오이에 내리던 비였으면 / 오이에 내리던 비의 눈부신 혀였으면 / 그렇게 그렇게 / 사랑할 줄 알았으면 / 오이를 감싸안는다, 둥근 빗방울 하나.

<오이> 전문, 강은교 시집 《네가 떠난 후에 너를 얻었다》 중에서

나도 오이이고 싶다. 오이에 내리는, 눈부신 혀를 가진 빗방울이고 싶다. 그리운 당신 어디 있는지 아직도 알 수 없으니, 차라리 내 안에 오이도 있고, 오이에 내리는 빗방울도 있었으면 좋겠다.

잠은 깼으나 또 다른 환몽 속에 있는데 차 소리 요란하다. 창을 열고 내다본다. 포크레인이 마당 가운데 들어와 있다. 비로소 사실의 세계로 돌아온다. 컨테이너 박스 하나를 들여놔 달랬더니 그걸 내려놓기 위한 정지 작업하려고 온 모양이다. 나의 목공소로 사용할 컨테이너 박스다. 어렸을 때부터 목수가 되고 싶었다. 어서 배워, 어여쁜 당신, 혹은 손녀딸 정이와 솔이의 식탁의자를 짜고 싶다.

저녁엔 조카딸 내외와 누님을 모시고 강경 가서 복탕을 먹었다. 수전증이 있는 누님이 반찬 하나 집는데 여러 번 젓가락질할 땐 가슴이 무너졌고, 맛있다면서 복국을 다 비웠을 땐 기뻤다. 미국에서 온 조카딸 내외도 그릇을 다 비워 흐뭇했다.

강경은 청소년기를 보낸 곳이다. 역사 속에서 한 시절 크게 번성했으나 지금은 쇠락해가고 있어서 강경에 대한 나의 사랑은 오히려 깊어가고 있다. 쇠락하는 것을 사랑하지 않는다면 문학이 아닐 것이다. 게다가 강경이야말로 내 문학적 감수성을 키운 문학의 본향이라 할 만하다. 옥녀봉에 올라 금강의 저물녘을 보았고 근처의 나바위 성당에도 들렀다. 김대건 신부가 사제서품을 받고 밀항하여 상륙한 곳으로 천주교 성지의 하나다.

삶의 유한성에 대한 근원적인 대안을 제시하고 있는 건 종교밖에 없다. 가톨릭 영세를 받았으나 성당엔 다니지 않는다. 성당에서 미사에 참례하고 있을 때보다 고요한 숲으로 가서 혼자 흔들리는 나무를 볼 때 나는 훨씬 더 신을 가까이 느낀다. 세계관은 불교에 가깝다고 할 수 있다.

성녀 테레사 수녀님도, 이미 성녀로 세계인으로부터 추앙받고 있을 때, 어느 신부에게 보낸 편지에서 대체 천주님은 어디 있느냐면서 "내 안에 어둠이 가득하다"고 피 어리게 고백했다. 아직 피가 뜨거워서 그런지, 역사에 대한 전망이 염세적이기 때문에 그런지, 나 또한 자주 신에게 불끈 주먹을 쥔다. 당신은 누구냐고, 소리쳐 묻고 싶을 때가 많다. 신에게 굴복하느니, 차라리 시시포스 신화 속으로 편입되고 싶기도 하다.

그렇지만, 나는 절대적으로 부정하지 않는다. 신성을 믿으며, 그걸 내 속에서, 고통받는 내 이웃에서 발견하고 싶고, 뜨겁게 껴안고 싶다. 신에 대한 나의 심리적 기저엔 언제나 간구와 반역의 이중성이 존재하고 있다. 신에 대한 나의 욕망이 간절하고 강렬하기 때문일 것이다.

가족들은 내가 "생각에 잠겨있을 때, 꼭 바보 같다"면서 웃는다. 그들은 틀렸다. 내가 '바보' 같을 땐 그냥 바보에 불과하다. '생각에 잠겨 있다'고 그들은 생각하지만, 기실 나는 아무것도 생각하고 있지 않기 때문이다. 오직 쓸 때만 생각한다. 생각한 다음 쓴다고 생각하는 것도 틀렸다. 쓰면서 생각하는 편이다. "쓰고 있을 때 이외엔 생각한 적이 없다"는 몽테뉴의 말에 전적으로 동감이다.

　　이제 내 문제를 알겠다. 쓸 때만 '생각'할 뿐 나의 일상은 거의 정서적 '충동'에 지배받는다. 감으로 결정하고 급한 맘으로 행동한다. 나는 바둑을 두지 못한다. 앞의 수를 내다볼 줄 모르기 때문이다. 그러므로 나는 평생 생각하면서 쓰고, 충동적으로 일상을 운영한다. 이 나이까지 벼랑 아래로 떨어지지 않은 건 운이 좋았기 때문일 것이다. 논산행을 결정한 것도 그렇다. 좋은 점이 노상 없는 것은 아니다. 충동은 후회할 일을 많이 만들지만, 감정의 해방을 자주 경험하므로, 운만 좋다면, 건강에 그다지 해롭진 않다.

문제는 평생 그리 살았으면서, 나는 늘 내가 생각하면서 살고 있다고 착각해 왔다는 것이다. 바보라는 이름의, 불치병이다. 내게 고귀한 생각이란 없고, 내 입장에서 고귀한 충동은 많다. 충동은 자주 후회를 만든다. 요즘도 아침엔 하루를 '생각' 한다고 착각하며 시작하고 저녁엔 '충동' 으로 하루를 보낸 것을 후회하는 일의 연속이다. 아, 나는 아마 변하지 않을 것이다.

　　오늘은 부여에 갔다. 부철이가 운전을 하고 부여에서 컴
퓨터 사업을 하는 박이 점심과 술을 샀다. 박은 '상상마당'에서 대학
생들과 하룻밤 자면서 문학캠프를 하던 날 대학생들을 위해 피자 스무
판을 사 보낸 사람이다. 우스갯소리로 나는 그를 가리켜 '부여 사조
직'이라 부른다. 싹싹한 성격에 야무진 인상이다. 한참을 반취 상태로
한참을 가다 보니 '휴휴당'이 나왔다.《나의 문화유산 답사기》를 쓴 유
아무개 님이 쉬어가는 집이다. 향긋한 술 한잔 얻어먹을까 하고 반색
해 들어가니 휴휴당 마당엔 잔설과 햇빛 그림자뿐이다. 전화를 하자,
모처에서 강의 5분 전이라면서, 봄에나 만나자면서 은근히 '봄'을 띄
운다. 봄이 오긴 오는가, 하고 나는 생각한다. 글쎄, 요즘 내 마음엔 봄
날의 기약은커녕 내일도 깃들 여지가 없다. '충동'은 더 악이 차서, 앞
날까지 기다릴 여력이 없기 때문이다.

　　혼자 '논산집'으로 돌아왔다가 심심해 다른 후배들한테
'구원'을 요청한바, 다들 '비즈니스'가 바쁜지라 '딱지' 먹고 혼자 누
웠다. 낮술이 깨느라, 기분만 언짢다. 술 있는 아래층까지 내려가는 것
도 귀찮다. 후배작가 심이 자신은 지금 어느 절간에서 '밥 얻어먹고 있
다가 산에서 내려와 목욕탕 찾아가는 길'이라면서, '페이스북' 쪽지로
난데없이 "외롭습니까?" 하고 묻는다. 어쨌든 작가들은 내남직 없이

족집게무당이다. "한잔하는데 안주가 부실해 속이 허허롭다"고 대답하고 났더니 이런, 정말 속에서 뭔가 와그르르 무너지는 소리가 난다. 젠장, 근처 어디선가, 오래된 집의 서까래라도 무너지나 보다. 석양빛 사이로 새들 천방지축 날아간다. 누가 아래층에서 소주나 한 병 올려 줬으면 좋겠다.

　　앞집에서 집을 고치느라 쇠톱 돌아가는 소리 난다. 호수가 그 금속성에 파르르 몸을 떤다. 나는 지금 속이 반쯤 날아간 우리 집 마당의 눈사람 같은 형국이다. 우주 저 너머로 누군가에게 모스부호라도 날리고 싶은 날. 지랄, 눈이라도 펑펑 내리잖구.

　　한숨 자고 나선 괜히 차를 몰고 나가 연무읍을 한 바퀴 돈다. 저절로 핸들이 그쪽으로 돌려지는 것은 그곳이 고향이기 때문이다. 훈련소는 밖에서 봤을 땐 별로 변한 것이 없다. 나의 어린 시절 기억 중엔 훈련소와 관련된 것들이 많다. 그때의 신병들은 주로 배가 고파 탈영을 했다. 탈영한 병사가 강경을 향해 죽어라, 도망치는데 한참 뒤에서 헌병이 '게 섰거라' 하는 듯이 방망이를 휘두르며 쫓아가는 걸 본 기억도 있다. 우리 집에 들어와 민간복으로 갈아입고 떠난 훈련병의 기억도 새롭다.

훈련병들은 배고파 탈영하는 판에 장교들 '짬밥'에선 가끔 뜯어먹다 버린 닭다리도 나왔다. 훈련소 '짬밥'을 잘 씻어서 볶아먹는 사람들도 있었다. 나중엔 훈련소와 계약을 맺은 사람만 '짬밥'을 내올 수 있었는데, 그 계약을 따기만 하면 금방 부자가 된다고들 했다. 훈련소의 '짬밥'에 얽힌 목불인견의 이야기는 나의 단편소설 〈논산댁〉에 나와 있는 그대로다. 황화면 사격장의 이야기를 쓴 다른 단편소설도 있다. 탄피를 주우려고 잔솔 밑에 숨어 있다가 총에 맞아 죽은 사람도 생각난다. 고향인 두화마을 앞의 저수지로 빨래하러 오던 훈련병들과 배출되어 나가던 병사들이 한가득했던 연무역, 그리고 저수지로, 신병 면회장으로, 연무역으로 김밥을 팔기 위해 줄지어 둑길을 걸어나가던 마을 어른들의 행렬도 잊히지 않는다. 헬리콥터를 타고 온 이승만 대통령을 직접 본 것도 훈련소에서였다.

한때는 '신병 면회 제도'가 있었다. 훈련소 앞의 너른 공터에 철조망을 쳐놓고 주말마다 신병 면회를 시켰던 것이다. 먼지가 마구 날고 나무 한 그루 없어 뙤약볕을 그대로 받아야 했던 비인간적이고 삭막한 환경에서 부모형제가 가져온 먹을 것만 죽어라 입에 밀어넣던 그때의 훈련병들이야말로, 산업개발의 기적을 일구어 우리나라를 가난에서 구한 역전의 용사들이다. 고래 고기로 만든 걸 쇠고기국밥이라 하고 파는 사람들도 있었다. 그 시절은 쇠고기보다 고래 고기가 썼던 모양이다. 유일한 훈련소였던지라 주말마다 전국에서 사람들이 때 지어 몰려들었다. 논산을 '돈산'이라고도 불렀다. 최근에도 신병면회가 일부 부활했는데, 배출에 앞선 훈련병을 수요일마다 가족과 함께 1박 2일로 내보내는 제도여서 예전의 그 삭막한 면회 풍경은 찾아보기 어렵다. 그래도 길가에 더러 "면회 나온 장병 여러분을 환영합니다!"는 현수막이 걸려 있는데, '돈산'이던 시절의 경기는 그것으로는 되살아나지 않을 것이다.

'삼거리' 근처에서 한참이나 서성거린다. 예전엔 '유곽'이 있던 거리의 입구이다. 길을 건너서 조금 내려가면 '성도극장'이 있었던 자리가 나올 것이다. 초등학교 동창생이자 가수인 김세레나의 아버지가 근무하던 극장이다. 잡화점을 하던 친구의 가게 자리는 찾기 쉽지 않다. 중학교 때 제일 가까이 지낸 연탄공장집 아들 유는 대전에서 산다고 들었는데, 본 지가 오래돼 얼굴조차 가물가물하다. 모두 어디에서 무엇하며 지내고 있을까. 굴곡 많았던 현대사를 직진보행으로 관통해 우리나라를 가난의 굴레로부터 건져 올린 '위대한 세대'이면서도 그만큼 사회적으로 대접받지 못하고 있는 수많은 친구 생각에 괜히 메는 기분이다.

훈련소는 내 고향에 무엇을 남겼을까.

2012년 1월 11일   논산

　풍경은 물론 고정된 것이 아니다. 모처럼 바람이 분다.
나무들 일제히 흔들리니까 오케스트라 장중한 합주가 들린다. 풍경처
럼 역동적인 게 없다.

남은 김치찌개에 밥을 버무려 김치 하고 먹는다. 우리는 고추장에 고추를 찍어 먹는 민족이다. 내가 식사하는 낌새를 알아챘는지 고양이 한 마리가 창턱으로 올라와 나를 본다. "좀 기다려!" 내가 눈을 흘기며 말한다. 남은 음식을 밭에 버리곤 했더니, 찾아오는 고양이가 나날이 늘고 있다.

오래전 저물녘 원주 단구동으로 박경리 선생을 찾아뵌 적이 있다. 선생이 때마침 밥 냄비를 들고 나왔다. "저녁 먹을 때는 온 동네 들고양이들이 다 우리 집 울타리로 찾아와. 주어 버릇했더니, 얘들이 이제 식사시간을 알아가지고." 선생이 울타리로 다가가자 정말 스무 마리는 됨직한 고양이들이 밥을 먹겠다고 난리 법석을 떨었다. "난 안 먹어도, 내가 얘들 때문에 어딜 못 가!" 선생은 중얼거렸다. 선생은 진정으로 어머니였다. 재작년에 통영 산소를 찾아뵙고 지금까지 더 가지 못했다. 조정리에 내려와 살면서, 당연지사 예전보다 더 자주 선생이 생각난다.

현관문 두드리는 소리가 나서 문을 열었더니 연산에서 음식점을 하는 후배 이가 산삼주와 야생국화차를 들고 서 있다. 간혹 혼자 술 마신다는 걸 알고 귀한 술을 들고 온 것이다. 내 '페이스북'에 가끔 야생화 사진도 올려놓는 그 친구다. 오래전부터 희귀병을 앓다가 산삼이 좋다는 걸 알고 스스로 살고자 심마니가 됐었던 모양이다. 산삼을 캐러 다니다 저절로 무엇이 사람을 이롭게 하는지 알게 됐고, 그 이로운 걸 혼자 먹기 아까워 음식점까지 내기에 이르렀다. 이름도 아름다운 '청향'이다. 연산 '청향'에 가면 산삼 잎으로 담은 장아찌도 먹을 수 있다. 식단을 이루는 모든 재료가 다 무공해 채소라고 보면 된다. 특히 연잎에 쪄낸 오곡밥은 정말 맛있다. 살아야겠다고, 산에서 산으로 다니면서 스스로 터득한 대체의학 지식도 전문가 수준이다. 사진도 잘 찍는다. "적적하시면 딴 술 드시지 말고 이거 한두 잔씩만 하세요." 순하게 웃는 모습이 가슴에 애틋하게 남는다.

작가로서 큰 부자가 되는 건 거의 불가능하다. 권력도 영향력도 없다. 그러나 좌고우면하지 않고 작가의 길 걷다 보면 이웃들로부터 이런, 애련한 사랑을 얻는다. 내겐 산삼이 산삼 아니라, 사랑이 산삼이다. "사랑이 없으면 / 우리들은 무엇으로 자기를 극복할 수 있겠는가." 괴테의 시구가 떠오르는 아침이다.

앞집에서 공사하느라 포클레인 소리 요란하다. 서울 집 떠난 게 벌써 일주일 전이다. 논산에 안전하게 왔다 갔다 하라면서 아내가 차도 새로 사줬는데, 저녁엔 올라가 서울 밥을 좀 먹을까 싶다. 호수는 지금 먹물이 조금 섞인 남색이다.

섣부르게 / 이기려는 흉내 내면서 / 살아왔다 // 발 아래 / 자욱한 눈물천지 // 빈 가지 / 눈 맞고 선 나무들 // 지면서 살아간다

〈마흔〉 전문, 고광헌 시집 《시간은 무겁다》 중에서

반취 상태로 고광헌 시집 《시간은 무겁다》를 읽다가 이 시가 실린 19페이지에 얼굴 대고 설핏 잠들었다. 깨어났을 땐 창밖이 캄캄했다. 책장에 침이 잔뜩 묻어 있었다. 슬프고 담백한 시에 침을 흘리다니, 시인에게 미안했다. 그리고 갑자기 배가 고팠다. 씩씩해지려고 짐짓 휘파람 불며 밥을 했다. 아뿔싸, 남은 반찬이라곤 콩나물국과 김치밖에 없었다. 콩나물국에 밥을 말아 김치 하고만 먹었다. 맛있었다.

따뜻한 작은 방에 건너와 지금은 누워 '멍 때리고' 있다. 어둔 유리창에 맹한 내가 비춰 뵈니까 싫다. 누추하다. "너 누구야?" 혼잣말을 하며 고개를 돌린다. 수십 년을 함께 살아왔으면서 나는 '쟤'를 아직도 도통 모르겠다. 내가 가장 사랑했고 또 내가 가장 미워했던 자인데. 논산 읍내로 다시 야간순행이나 나갈까. 가보나 마나, 물론 거리는 텅 비어 있을 것이다. 기차 소리라도 들렸으면 좋으련만.

내가 소년기를 보낸 강경 집은 기찻길 옆에 있는 비좁은 기와집이었다. 마음만은 그래도 붉었다. 기차를 타고, 매일 밤 얼마나 멀리 떠나고 싶었던가. 비록 기차 소린 안 들리지만 여기, 어쨌든 고향 땅, 돌아와 누웠으니, 그동안의 삶이 한바탕 헛된 꿈인 듯하다.

롱펠로가 노래했지. "내게 말하지 말아다오, 삶은 헛된 꿈에 지나지 않는다고."

티베트에선 몸을 '뤼'라고 부른다. 껍데기 혹은 자루라는 뜻이다. 유리창에 비친 늙수그레한 내가 보기 싫어 확 불을 끈다. 어둠이 쏴아 밀려들고, 한참이나 이불 속 웅크리고 누워 있자, 옳거니, 내 영혼 비로소 '자루' 속을 빠져나오는 게 보인다. 기차 소리도 들린다. 쪽빛 남쪽바다에 닿을 때쯤 아침이 오겠지. 신화처럼. 아, 매화가 피는 섬진강 끝으로 가고 싶다.

죽음은 언제나 삶과 동행한다. 탄생 이전부터 정해진 절
대적 법이 그렇다. 그러나 시간의 순차는 지켜지는 게 윤리적이다. 가
끔 신을 향해 반역의 질문을 던지고 싶은 건 이런 룰이 지켜지지 않았
을 때다. 수많은 신생아의 반인간적 죽음부터 악의 환경에 의한 타율
적 죽음이나 필연적으로 상처와 정한을 남기는 요절, 조기 사망 등에
대해 신은 어떤 설명을 해 줄 것인가.

조카가 죽었다. 두 딸을 둔 오십 대의, 착하고 순박하기
이를 데 없는 가장이다. 간암으로 고통받았던 그는 죽기 얼마 전부터
아내에게 "이제 그만 나를 보내줘!"라고 애소했다고 한다. 얼마나 고
통스러웠으면. 큰딸의 결혼 예정일을 불과 스무날쯤 남겨둔 애석한 죽
음이다. "미안하다"는 말과 함께 마지막으로 둘째 딸에게 뽀뽀를 했다
는 말을 들을 땐 가슴이 찢어졌다.

죽음을 제외하고 우리가 진실로, 완전히 나의 것이라고
생각할 수 있는 건 아무것도 없다. 그건 명백한 사실이다. 그러나 죽음
을 '나의 것'이라고 말하려면 많은 준비가 필요하다. 문제는 어느 장
소에서, 언제 죽음이 우리를 기다리고 있는지 알 수가 없다는 것이다.
신이 있다면, 아무런 예시도 없이, 주체적으로 '나의 것'이 되도록 노

력할 겨를도 없이, 뒤통수를 치듯이 오는 죽음에 대해 설명을 요구하고 싶다. 아니, 어쩜 신은 충분히 '죽음'을 예시했음에도, 천년만년 살 것처럼 욕망의 자루를 한껏 부풀려 짊어지고 사는 우리가 그걸 알아듣지 못하는 것인지도 모른다.

죽음은 두렵지 않다. 그러나 죽음의 귀여운 자식처럼, 아무것도 모르는 철부지로 그걸 맞아들이고 싶진 않다. 준비 없는 침몰은 굴욕이기 때문이다. 나는 죽음을 최종적이고 완전하게 '나의 것'이라고 말하고 인식한 상태로 그것을 맞이하고 싶다. 오래된, 나의 실존적인 리얼한 욕망이다. 그래서 나는 지금도 이렇게 자신에게 준열히 말하고 있다.

"메멘트 모리!"

조카의 발인 날, 조카를 저 세상으로 떠나보낸 후,

1. 집에 와 만개한 난초 보다.

2. 명지대 앞에 단골 미장원에 가서 수한테 머리 자르다.

3. 가나아트센터 모뜨 카페에서 대산재단사보 인터뷰를 위해 젊은 작가 만나다.

4. 구기동에 있는 20년 단골 '할머니 두부집'에서 문학 하는 젊은 제자들과 두부찌개와 소막(소주+막걸리) 마시며 문학 논하다, 아울러 신의 이야기도.

5. 근처 '카프리'로 옮겨 계속 왁자지껄 마시다.

6. 마누라가 차 가져와 실신 상태에 가까운 나를 집으로 옮기다.

7. 차 속에서 아내의 이런 잔소리 듣다. "글 쓰는 제자들하고만 만나면 술이 떡이 되는데, 대체 당신은 뭘 가르치는 거야, 선생 맞아?"

난이 꽃을 피우면 멀리 있는 벗을 불러 향기로운 술을 나누었다는 옛 선비들을 떠올린다. 죽은 이의 부활처럼 고요하고 단아한 만개. 난꽃은 그 향기, 가깝거나 멀거나 여일하다. 마음 가지런히 하고 있으면 이층서재에서도 향기 느낄 수 있고 마음 시끄러우면 곁에 다가앉아도 향기 느낄 수 없다. 가만히 피고 야트막하게 머물러 있다. 죽은 조카도 그런 사람이었지. 난꽃은 꽃이 질 때도 그냥 가만히, 그러나 깨끗이 부러져 떨어진다. 한없이 높고 한없이 낮다. 살아서 난꽃처럼 살 수 있다면 좋으련만.

밤늦게, 태평양 너머의 미국에서 친구가 전화를 걸어와 '바닷소리' 들어보라면서 송화구를 태평양 파도 언저리에 대준다. 나는 수화기를 장난삼아 난꽃 귓가에 대준다. 태평양의 바다와 우리 집 난꽃이 침묵의 대화를 나눈다. 밖으로 나갈 것도 없이 내 마음이 막 바람에 나부낀다.

죽어서 떠난 조카의 영혼도 지금 나처럼 순하게 나부끼고 있을 것이다.

　　구기동에서 '운우회' 멤버들과 술에 취해 노래도 부르고 춤도 추었다. 함께 킬리만자로를 다녀온 인연으로 만난 사람들이다. 하나같이 정답고 사랑스럽다. 부담이 된다면 모두 말술이라는 것이다. 나는 경쟁상대가 되지 않는다. 산악인 엄이 폭탄주를 쫙 돌리면서 "히말라야의 정기를……" 어쩌고 한 다음에 우리가 합창으로 소리치는 말은 보통 "영원히! 영원히! 영원히!"다. 영원히 술 마시다가 한날한시에 죽자는 말처럼 들린다. 원래 체질적으로 '모임'을 싫어해 가입돼 있는 모임도 거의 없지만 '운우회'만은 거의 빠지지 않고 나가는 편이다. 유쾌할 뿐만 아니라 후배들한테 세상 살아가는 방법과 사람 대하는 품을 여러모로 배우게 되기 때문이다. 비교적 성격이 까칠한 나로서는 원만한 그들이 곧 훌륭한 스승이다. 술에 취하면 찰나와 영원의 구별이 없어진다. 시간은 멈추고 삶은 우주로 확장된다. 오늘 밤도 그런 날의 하나. 내가 미쳤지, 허리도 안 좋은데 탁자 위에 올라가 막춤까지 추었다. 우주가 내 가슴 속으로 쏙쏙 들어왔다. 가슴 속이 그대로 별의 바다가 되었다.

　몇 년 전, 그해 겨울 설날 새벽, 우린 해발 4300미터 이름도 잊은 롯지^Lodge에서 얼음덩어리 마당에 차례상을 차렸다. 명태포와 남겨둔 소주와 코펠에 한 설익은 밥뿐이었다. 우리가 걸어가야 할 길은 눈이 일 미터 이상 쌓여 있었다. 네팔 셰르파들이 길을 내기 위해 앞서 떠난 뒤 우리 몇몇은 차례상 앞에서 절을 올렸다. 영하 20도였고 바람이 길길이 날뛰고 있는지라 분설 때문에 눈앞이 가물가물했다. 절을 올리느라 엎드려 있을 때, 나는 분명히 누가 내 엉덩이를 톡톡톡 두들기고 쓰다듬어 주는 기척을 느꼈다. 동료이거니 했다. 두렵던 마음이 그 손길을 느끼는 순간 거짓말처럼 사라졌다.

　차례가 끝났을 땐 바람도 잦아들어 있었다. "누가 내 엉덩이 두들겼어?" 나는 음복을 하고 나서 물었다. "함께 나란히 서서 절해놓고 뭔 자다가 봉창 뜯는 소리"냐고 일행들이 말했다. 다잡고 드잡았지만 내 엉덩이를 토닥거려준 사람은 아무도 없었다.

　비로소 나는 느끼고 알았다. 내 엉덩이를 토닥거려준 분은 나의 어머니였다. 어머니 제사상을 서른 번 넘게 모셨지만, 어머니가 가까이 계시다는 걸 실제적으로, 여실히 느낀 건 그때가 처음이었다.

다음 날엔 5600미터 고지 '쏘롱라'를 넘어가야 했다. 눈이 1미터 이상 쌓여 모든 트래커들이 여행을 멈춘 상황이었다. 우리는 그래도 새벽 3시에 마지막 롯지를 출발, 그 고개를 넘었다. 강추위에 바람은 가혹하게 불었으며 날리는 분설 때문에 눈조차 뜰 수 없었다. 열흘 가깝게 오직 걸어왔기 때문에 체력도 바닥이었다. 그러나 참으로 이상한 일이었다. 눈 폭풍을 뚫고 5600미터 고개를 넘어갈 때 나는 참 편안하고 행복했다. 심지어 그 눈 폭풍 속에서 나는 노래까지 부르며 걸었다. (내가 아주 좋아하는 이가 트래킹을 하던 2주 동안 설산 밑을 걸으며 가르쳐준 그 노래는 이미자가 부른 '아씨' 다)

그곳은 신들의 마을이었고, 나의 어머니가 이미 그 마을에 신들과 친구, 동료 되어 계시니, 내가 무엇이 두려울 것이며, 왜 행복하지 않겠는가.

설날 가까워지면 늘 그날의 히말라야 새벽이 생각난다. 사랑받고 있다고만 느낀다면, 우린 절대 나쁜 사람이 되지 않을 뿐더러, 결단코 좌절하지 않는다. 우리가 쌓아야 할 덕이 그것, 사랑이다.

　　내려가면서 최근 보물로 지정된 광석면 '노강서원'에
들른다. 숙종 때 건립된 서원으로 그 강당은 지금 보아도 위풍당당하
다. 윤황을 비롯하여, 윤문거, 윤선거, 윤증, 3대에 걸친 4분의 위패를
모신 서원이다.

　　기록에 따라 조선 시대 대과에 합격한 14,624명을 성씨
별로 보면 제일 많은 합격자를 낸 게 844명의 전주이씨, 그다음이 412
명의 파평윤씨. 파평윤씨 문중은 서인에 근본을 두고 소론파의 중심
을 이룬 집안이다. 파평윤씨 집안의 교육을 맡았던 '종학당'(논산시 노
성면)에선 42명이나 되는 급제자를 냈으니 그 학문적 깊이가 얼마나
깊었는지 알 만하다. 종학당은 내가 쓴 소설 《고산자》에도 잠깐 나온
다. 소론의 영수였던 윤증 선생의 고택은 논산 노성면 노성산 밑에 자
리 잡고 있다. 강경 옥녀봉에서 봉화를 올리면 바로 노성산에서 받는
다. 내처 윤증 선생의 고택에도 들르고 상상마당에도 들른다. 어디든
이야기가 묻히지 않은 곳이 없다.

논산은 강경, 연무 논산읍 중심의 상업이 발달된 남부와 노성, 광석, 연산, 상월 등 유림의 본고장인 북부로 나뉘어 있다. 하나의 얼굴은 변화무쌍한 오늘의 문명을 보여주고 다른 하나의 얼굴은 유림에 기반을 둔 전통을 보여준다. 어느 것이 더 우선한다고 말할 수는 없다. 그 두 가지 얼굴이 역사의 안과 밖을 이루기 때문이다. 나의 삶 또한 하나의 얼굴에 기반을 두고 다른 하나의 얼굴을 지향한다. 나눌 수 없으며, 나뉘지 않는다.

나는 왜 이곳으로 왔는가. 설명할 수 있는 이유는 '이곳이 고향'이라는 것이지만, 그러나 오직 고향이기 때문에 이곳으로 온 것만은 아닐 것이다. 설명할 수 없는, 주술적인 다른 이유가 있다고 느낀다. 아직은 어스레한 길을 흘러다니는 기분이다. 조정리 이곳은 그런 점에서 잠시 신틀메를 고쳐 신으려고 들른 빈 주막 같다. 가득 찬 듯하면서 동시에 텅 빈 곳. 저 홀로 가득 차고, 수시로 따뜻이 비어 있는 집. 여기, 그리고 이 시간.

땅거미 진다. 불도 안 켜고 앉아 저물어가는 호수 내다 보면서, '시체놀이' 하면서, 내 감각의 안테나는 지금 그 어느 때보다도 예민하게 열려 있다. 습관적 일상을 사느라 감각이 닫혀 있어 느끼지 못하지만, 알고 보면 생은 신비로 가득 차 있다. 그 신비를 알아차리는 것만으로도 축복이다. 기억의 우물은 마를 새 없고, 그런데도 우리는 언제나 새로운, 새로운, 또 새로운 시간만을 살도록 예정돼 있기 때문이다.

밤. 서울에 있다가 여기 내려오는 첫날밤은 아직도 이렇게 적응 안 된다. 어둠은 된서리처럼 차갑고 고요는 된비알처럼 가파르다. 사람들이 왜 깊은 밤 통화료 많이 올리는지 알겠다.

집 앞에 가로등이 설치되는 바람에, 별을 잃어버렸다. 괜히 너무 어둡다고 시청에 불평을 했나 싶다. 문명은 왜 무엇인가를 꼭 지우거나 훼손하면서 다가올까. 별을 잃으니, 덩달아 꿈 하나 지워진 듯하다. 나의 청춘, 그리운 누군가의 이름도 하나.

가슴 속에 하나 둘 새겨지는 별들을 / 이제 다 못 헤는 것은 / 쉬이 아침이 오는 까닭이요 / 내일 밤이 남은 까닭이요 / 아직 나의 청춘이 다하지 않은 까닭입니다

〈별 헤는 밤〉의 일부, 윤동주 시집 《하늘과 바람과 별과 시》 중에서

숲으로 걸어 들어가자니 춥고, 자동차 몰고 나가자니 번거롭다. 망설이다가 기어이 자동차 키를 찾아들고 외투를 걸친다. 가로등을 피해, 별이 쏟아지는 어느 골짜기로 지금 당장 가야겠다. 어둠에 내 존재의 전부를 맡기고, 텅 빈 채, 부드러이 흔들리는 고목에 등 기대고 서서 오래전, 내 몸을 떠난 나의 청춘을 보고 싶다.

달려나간 보람은 충분했다. 평매마을 늙은 과일나무 밑에서도 별을 보고 신풍리로 이어진 어느 어두운 숲에서도 별을 보았다. 나의 청춘 같은 별들. 어떤 별은 희고 어떤 별은 푸르렀다. 천 광년 떨어진 별빛은 천 년 전에 제 숙주를 떠난 광채일 터, 나는 조선 시대에 떠나온 별도 만났고 단군 할아버지가 보았을 그 별도 만났다. 불과, 찰나라고 느껴지는 시간 안에 나의 몸을 박차고 날아간 내 청춘의 별은, 그중에서 당연히 가장 밝은, 젊은 별일 거라고 느꼈다.

나는 젊은 날, 나라는 존재가 별처럼 빛나고 있다는 걸 알지 못했다. 나의 청춘은 늘 어둠이 가득 싸여 있다고만 생각했다. 바보같이. 젊은 내 안에 차 있는 빛을 보았더라면, 그것이 소중하다고 생각했더라면 나의 인생은 보다 우렁차고 깊어졌을 것이다. 청춘이었을 때, 내 자신이 그리도 빛나는 별이었다는 걸 알지 못했다는 회한이 가슴을 때렸다. 지금의 어떤 어두운 청춘들도 그러하겠지. 젊은 당신 자신이 환하게 빛나고 있다는 걸 보지 못하겠지. 당신을 보는 내 눈엔 당신의 광채가 환히 보이는데.

오늘날 젊은이의 가장 큰 결점은 제 안의 빛을 스스로 보지 못한 채, 우왕좌왕하면서 시간을 낭비한다는 것이다.

　　내려올 때, 아내가 미역국과 김치찌개를 챙기면서 "아예 밥을 좀 싸줄게" 했다. 내가 굶을까 봐 도시락을 싸주겠다, 뭐 그런 심사였다. 나는 말없이 고개만 끄덕끄덕.

　　　티베트에선 여자를 태양으로, 남자를 달로 비유한다. 여자들은 하나같이 환하고 씩씩한데 남자들은 대개 지친 듯한, 우울한 얼굴을 하고 있다. 모계사회라 그런 모양인데, 이제 우리도 그걸 닮아가고 있는 중이다. 근본적인 가정의 권력은 부엌을 장악하고 있는 사람에게서 나온다. 부엌을 다스리면 만물을 다스리는 셈이다. 잘못 생각하는 설익은 페미니스트들을 신봉하는 일부 여성들이 때로 그 권력을 내다 버리는 게 안타깝다. 부탁하건대, 작은 것을 얻자고, '부엌의 권력'을 아주 내던지지 마셔요.(사진은 가나화랑에서 감상한, 임영선 화백의 티베트 소녀 그림이다.)

9시 선잠 깨고, 그리고 입 쩍 벌린다. 잠든 새 누가, 어떤 괴물이 날 우그러뜨린 듯하다. 무엇인가, 내 안에서 어떤 사건이 일어난 듯. 누가, 무엇이 날 부서뜨렸을까.

10시엔 쌍계사. 쌍계사는 내가 좋아해 자주 들르는 고찰이다. 그런데 그놈의 확성기 소리. 염불은 듣기 좋은데 그놈의 확성기 소리가 싫어, 대웅전으로 다가가다가 그만 나무 밑으로 뒷걸음쳐 도망온다. 투둑투둑, 지나가는 비. 비 맞고 서서 대웅전 꽃살문을 본다. 모란, 작약, 국화. 아름답고 따뜻한 문양이다. 쌍계사는 불명산 북쪽 산곡에 위치한 유래 깊은 사찰이다. 자다 말고 무엇인가 나를 덮치는 느낌으로 무서워 이곳까지 도망 왔는데, 확성기의 비명 소리를 듣다 보니 나보다 스님을 먼저 구해야 할 것 같다. 절간에서 왜 이리 확성기의 볼륨을 오지게 높여놓을까. 염불하는 스님, 너무 외로와서 그런가. 확성기를 통해 꽝꽝 온 산곡에 울리는 염불 소리는 염불이 아니라 꼭 스님의 비명처럼 들린다. 확성기 소리 때문에 산천초목도 불편할 게 틀림없고, 특히 부처님 또한 귀가 시끄러워 절간으로부터 냅다 도망칠 텐데.

12시, 탑정호 평매마을의 '하늘보리'에 들른다. 환한 표정으로 맞이해준 여주인께서 "언제 한번 오시나 했어요. 혼자 오실 땐 커피 대접할게요." 하고 말하는 참에 전화가 온다. 공짜 커피를 확보하는 순간인데, 하면서 받은 전화는 연산에서 '청향' 운영하는 후배다. "식사 안 하셨지요? 삼계탕을 끓였어요. 조정리집으로 가지고 가려고요." 나의 대답은 기다렸다는 듯이 "응. 그러지 말고 이쁜 술이나 한 병 가지고 평매 하늘보리로 와!"이다. 알프스 소녀 같은 차림을 한 '하늘보리' 여주인이 곁에서 환히 웃는다. '하늘보리' 이 층에서 내려다보이는 풍경은 너무 이쁘다. 술, 절로 고파진다. 쌍계사의 확성기 소리에 쫓겨왔기 때문에 더욱 그렇다. 그 사이 또 전화. 이번엔 부철이와 '천연염색'이다. 근처에 사는 천연염색가 조 여사가 때마침 전화를 해온 것도, 우연이라면 멋진 우연이다. 처음 만나는 조 여사는 한눈에 봐도 멋쟁이다. 목공소를 하고 싶다는 나에 대한 기사를 보고 지난주 전화 통화를 한 번 했던 터이다. 과분하게도 천연염색으로 된 목도리를 선물 받는다. 때마침 창 너머 갈대밭 속으로 고라니가 지나간다. 부철이가 "고라니다, 고라니다!" 하면서 지랄, 술맛을 돋군다. 사과나무들 사이에서 해맑은 햇빛이 어린아이들처럼 놀고 있다. 술맛이 난다. 하나도 부족한 게 없다. 낮술로 대취했다. 조정리에 내려와 가장 행복하게 술 마신 날.

3시, 역시 탑정호 내다뵈는 조 여사 거실로 옮겨와 무슨 무슨 차를 마신다. 이미 취한지라 나는 소파에 앉아서 그냥 졸뿐이다. 4시엔 근처의 '모티브'로 자리를 옮긴다. 커피를 마신다. '모티브'는 내가 자주 들렀던 조각공원의 이름이다. 생각했던 대로 예인의 포스가 물씬 나는 젊은 조각가다. "술은 그만 하세요." 저녁 스케줄이 있는 줄 알고 있는 부철이가 마누라처럼 잔소리를 한다. 역시 좋은 '청년'이다.

5시, 조정리집 돌아와서 혼자 졸다.

저녁에 '논산 상상마당'에서 강연도 해야 하는데 술이 안 깨면 큰일이다. 당황해 세수를 여러 번 하고, 어찌어찌 술 마신 거 안 들켜보려고 선물 받은 비비크림까지 쥐어짜 바르다가 좀 어색해 휴지로 지운다. 6시, 부철이 전화해서 또 잔소리. "일곱 시까지 상상마당 가야 하는데 주무실까 봐서요." 고맙다. 어느새 사위는 어둡다. 다시 찬물로 세수하다.

옷을 갈아입는데, 쌍계사 눈 덮인 마당 끝, 열린 명부전 안에 계신 선 고운 지장보살, 자꾸 떠오른다. "잘할 수 있어요. 알코올 기운은 내가 다 빼줄게!" 지장보살님 말씀이 들리는 기분이다. "염불하는 스님이 아니라 지장보살님이 불러 그곳으로 간 거구나!" 우두망찰 앉아서 나는 혼자 중얼거린다. 아침부터 대책 없이 취하다니, 내가 미쳤지. 7시엔 '논산 상상마당'에서 중고교 국어 선생님들께 문학 강연을 하기로 약속돼 있다.

6시 45분, 이제 상상마당으로 가야 할 시각이다. 그 사이, 호수는 어둠 속에 침몰한다. 모든 게 멀고 가깝다. 가득 찬 듯이 비어 있고 텅 빈 듯이 가득 찬 나의 조정리집.

　　어떻게 해도, 나 자신을 변화시켜 보다 높은 지점으로 삶을 계속해서 들어 올릴 수 없다면, 왜 살아야 하는가, 라는 고통스러운 문제와 다시 직면한다. 고향을 떠날 때로부터 얼마나 멀리, 혹은 높이 걸어 나왔는지를 따져보니 잠이 더 안 온다. 나는 본래 참을성이 부족한데다 엄살이 많았고, 곧잘 떼를 쓰거나 이통을 부려 나의 이기적인 욕망을 채우려 들었으며, 사랑의 중심에서 밀려나면 항상 분노를 느꼈다. 사실이다. 그리고 지금 깊은 밤, 곰곰 들여다본바 나는 그 자리 그대로 있다. 껍데기는 늙었는데 알맹이는 아직도 무명 속, 비명만 지르면서 누가 달려오기를 바라고 있다. 놀빛 서리는 걸 보면서도 여전히 내겐 확고한 영적 전망이 없다. 자신이 허울뿐인 거울 속 그림자 같다. 두렵다. 인생은 정말 '속이 빈 것처럼' 애당초 본질이라고 부를 만한 그 무엇이 없는 것일까. 아니면 나만 그런가.

     낮엔 엄홍길 대장과 대둔산에 오른다. 월간 〈산〉의 기자, '밀레' 정 이사와 동행이다. 도중에 대둔산에서 최후를 마친 동학 접주들을 기리는 표지석을 지난다. 경건해진다. 대둔산 꼭대기에서 보는 풍경은 아스라하다. 저녁 식사는 '청향'에서 엄과 함께 산삼주를 곁들여 먹는다. 시청 김 과장과 부철이와 광주에서 온 작가 정이 합류한 저녁이다. 정은 내가 '소설 아마존'이라고 부른 바 있는 바로 그 사람이다. 오래 쓰고 날이 갈수록 힘 있게 나아갈 좋은 작가 재목이다. 음식은 달고 멤버는 좋고 술은 향기롭다.

친구 손의 결혼식 있어 올라왔다. 60대 후반에 결혼이라니. 주례는 없었고, 가족 중심으로 하객은 60여 분쯤 됐다.

서로 마주 보고 서서 자신들이 직접 쓴 혼인서약을 할 때, 그중에서 "생명이 다하는 날까지 서로 사랑하고 서로를 지켜주겠다"고 서약하는 대목에선 가슴이 뭉클했다. 수만 갈래, 사랑의 불온한 굽잇길, 벼랑길, 모랫길, 가시밭길을 지나서, 이제 비로소 사랑을 온전히 이해하고 사랑을 온전히 품어 간구하고 실현할 수 있는 나이 됐으니, 저들의 결혼생활은 아마 하루가 일 년처럼 깊을 것이다. 50대 후반에 접어든 신부가 '후배작가'여서 더 마음이 애틋하다.

신랑은 신부를 처음 본 순간 "어렸을 때의 소풍날, 보물찾기놀이에서 보물을 찾았을 때 같은 마음이었다"고 했고, 신부는 "첫 만남에서 그렇게 말과 맘이 통하는 사람은 처음 보았다"고 술회했다. 그래서 나는 건배사를 하면서 이들 부부를 "보물로 서로 통했다"면서 '보통부부'라고 명명했다. 나의 건배사는 그래서 "보통부부, 영원하라!"였다.

　　60대 후반이 돼서라도 '보물로 통하는 인연'을 만난다면 인생은 성공이다. 대부분의 부부와 연인들이 지금도 상대방이 '보물'인 줄도 모르거나 서로 '통'하지 않으면서, 습관에 의해 겨우 생을 유지해가고 있기 때문이다.

　　설을 쇠고 나면 곧 논산집 리모델링 들어간다. 3월 초에야 완성될 것이다. 무엇보다 벌써 한 달 넘게 바닥에 누워 가쁜 숨 쉬고 있는 금붕어가 걱정이다. 그놈, 서로 보물로서 통하는 짝을 못 만나 그런가.

내 고향 논산 연무읍 봉동리 두화마을은 논산평야 동쪽 끝에 자리 잡고 있다. 아버지는 강경읍 중앙시장에서 포목점을 하고 계셨다. 두화마을에서 강경까진 논산평야를 활대처럼 휘감고 흐르는 이십 리 둑길. 오늘처럼, 설 앞두곤 동구에 나가 종일 아버지를 기다리곤 했다. 먼 둑길 햇빛 아래, 움직이는 무엇이 보이면, 그게 하나의 점일지라도 "아부지다!"라고 느끼고 가슴은 늘 바다처럼 출렁거렸다. 시간이 지나면 점은 사람과 자전거의 형상으로 바뀌고, 더 시간이 지나면 비로소 아버지의 얼굴 윤곽이 보였다. 아버지는 자전거 짐칸에 보통 고기나 신발, 뿔필통, 생선 등을 싣고 오셨다. 고무신 하나도 모두 감동인 시절이었다.

설이 가까워지면 지금도 아버지의 자전거가 내 가슴 한가운데를 관통해 지나간다. 아버지의 자전거가 드넓은 들판 끝에서부터 챙, 챙, 챙, 자전거 바퀴살로 햇빛 튕겨내며 다가오던 그 풍경, 너무도 그립다. 나도 누구에겐가 그런 감동으로 다가간 적이 있었을까.

오늘날의 늙어가는 아버지는 가부장제 시절의 권력을 모두 해체당하고, 속이 텅 빈 공룡 같은 모습으로 뒷방에 밀려나 있다. 가부장제 속에서 살던 소외된 어머니들처럼. 나는 젊은 시절, 늙어가는 아버지가 속으로 얼마나 외로웠는지 헤아리지 못했다. '아버지'였기 때문에 그런 존재론적인 고독과 슬픔이 없는 줄 알았다. 바보같이. 그 회한이 깊다.   그러나 그 아버지들이 절대 빈곤으로부터 우리 모두를 구한 건 명백히 확실하다. 우리 사회의 온갖 그늘을 무조건 '기성세대' 탓으로 매도하는 세태 속에서, 가부장제 시절의 모든 권력을 반납하고 쓸쓸히 돌아누운 늙은 아버지의 흰 머리, 굽은 등을 보라. 젊은 당신들 위해 짊어져 온 짐이 너무나 무거워 머리는 희고 등은 굽은 것이다. 당신 위해 아버지가 스스로 버린 꿈을 헤아려보지 않는다면, 우리가 누리는 평화와 번영은 가짜일 뿐이다.

한 세대가 모든 걸 짊어질 수는 없다. 아버지 세대에 의해 가난을 면했으니, 이제 우리 사회 많은 그늘은 새로운 세대가 짊어져 가야 한다. 젊은 당신들 몫이다. 늙은 남자들, 쓸쓸하다.

저기, 자전거 탄 아버지 오신다. 나는 눈을 감는다. 아버지의 자전거가 바퀴살로 햇빛을 튕겨내며 내 가슴 속으로 지나간다. 아, 설이다.

요즘은 오나가나, 만나거나 못 만나거나, 살아 존재하는 것들 다 불쌍하고 눈물 나 미치겠다. 나는 도대체 지금 어디까지 내려가고 있는 것일까. 차라리 어서 우물 밑에 닿기를 기다린다. 그 캄캄하고 비의적인. 사람은 물질에 의해서도 환경에 의해서도 행복해지지 않는다. 나의 결핍감은 근원과 닿아 있구나.

　　강경에서 젓갈세트가 택배로 왔다. 중학교 때 내가 가르
친 제자 최가 보낸 것이다. 작년인가, 몸이 안 좋아 수술까지 받았다고
들어 늘 마음에 걸렸는데, 젓갈의 힘인가, 이제 건강을 완전히 회복하
여 염천동 유서 깊은 '함열상회'를 잘 운영하고 있다. 어머니로부터
물려받은 젓갈 가게다. 강경 젓갈을 알리는 데 선봉장 노릇을 해온 박
선배의 '형제상회' 맞은편에 자리 잡고 있다. 고맙게도 어머니 역시
아직 건강해 모녀가 함께 바지런히 손님맞이를 하는 거 보면 마음이
참 따뜻해진다. '형제상회'를 운영하는 박 선배님도 한때 몸이 안 좋
다고 했는데, 가까이 있으면서 뵙지를 못하고 있으니 죄송하다.

　　젓갈의 최초 기록은《삼국사기》에 나온다. 신문왕이 왕
비를 맞이할 때 보낸 폐백품목에 쌀, 술, 꿀, 기름 등과 함께 젓갈을 보
냈다는 기록이 있다. 신라 시대부터 젓갈이 기본 식품의 하나였던 게
틀림없다. 일찍부터 대구, 평양과 함께 전국 3대 시장으로 꼽혔던 강
경은 대륙 항으로서 한때는 전국 최대의 파시波市로 꼽혔다. 황복이나
우어 등을 많이 잡았던 좋은 어장이기도 했다. 그 전통의 명맥을 잇고
있는 것은 현재로선 젓갈뿐이다. 금강 하구둑 때문에 뱃길도 물고기
길도 막혔기 때문이다. 하구둑을 허물어야 금강이 산다.

'강경젓갈축제'는 해마다 10월 중순 열리는데 이때 한 번, 이 오래된 강경읍은 과거의 영광을 재현한 듯 인산인해를 이룬다. 새우젓 등을 직접 담가볼 수도 있고 '젓갈 통 지고 달리기' '새우젓 높이 쌓기' 등 재미 있는 프로그램도 많다. 강경 젓갈은 맛이 야무지고 염분이 적으며 그 숙성 과정 또한 투명하다. 둘째 누님도 한땐 함지박에 이고 다니면서 골골마다 젓갈을 팔러 다녔다. 함지박을 인 아주머니들이 줄지어 완행열차에 오르곤 하던 60년대의 풍경이 아직 눈에 선하다.

　　젓갈은 우리만의 독특한 발효음식이다. 생선을 썩혀 이처럼 향기롭게 갈무리하는 비법을 알아차린 우리 조상들의 지혜가 자랑스럽다. 새우젓 한 종발로 밥 한 그릇 뚝딱 해치우던 추억은 언제 반추해 봐도 가슴이 뻐근하다. 젓갈 따라 서민의 애환이 흐르고 젓갈 따라 인정이 흐르던 수많은 기억의 입자들이 내 안에 쌓여 있기 때문일 것이다.

　　설날을 앞두고, 젓갈 한 세트를 선물 받고 마음이 환해진다. 어머니는 황석어를 사다가 늘 담장 위에 말렸다. 제사를 위해 조기젓을 담그는 것도 잊지 않았다. 맛있는 조기젓은 마루 밑 어둠 속에서 익었다. 이번 차례 상엔 '함열상회' 최가 보낸 강경 젓갈도 좀 올려야겠다.

　　만약 내가 죽을병에 걸린다면 흡연에 따른 폐해 때문일 가능성이 제일 높다.

　　서울에 오면 세상이 미쳤다고 느낀다. 사위가 늘 고요한 논산 조정리에 있으면 내가 미쳤다고 느낀다. 세상이 미치면 내가 정상이고, 내가 미치면 세상이 정상인 듯 느껴지니, 세상과 나의 주파수를 맞추어 진짜로 미치지 않고 살려면, 뭔가 한 가지는 중독될 수밖에 없다는 게 흡연에 대한 나의 구차한 변명이다. 아내가 뭐라 하면 "이 어지러운 세상에서 살기 위해 하나는 중독돼야겠으니 사지선다형으로 찍어봐. 일 도박, 이 술, 삼 여자, 사 담배, 뭐가 좋겠어?" 아내는 그냥 웃는다. 나는 집 안 어디에서나 아직도 담배를 피울 오만한 권리를 누리는 이 시대에 드문 남자이다.

산책하러 나갔다가 세검정 고개 위의 작은 만두집 구석에서 울고 있는 석상 하나를 만났다. 부처인지 중국식 문인석인지 잘 모르겠다. 중국인 주인도 누구인지 잘 모르겠다고 했다. 이처럼 아프게 울고 있는 석상을 보는 건 처음이다. 세상의, 우리들의 모든 슬픔을 모아, 모아 짊어지고 있는 얼굴이다. 엉뚱하게, 후천개벽의 예감이 이 얼굴에서 읽히기도 한다. 슬픔이 깊어야 갈망이 깊고 갈망이 깊어야 후천개벽이 열릴 테니까.

논산의 관촉사 미륵부처가 생각난다. 동양최대의 불상으로 알려진 관촉사 미륵상은 고려 광종과 목종 2대, 37년간이나 걸려 완성된 것으로 알려져 있다. 슬픔을 훌쩍 넘어선 당당함과 너그러움을 품은 얼굴로, 해가 뜰 때는 그 이마의 보주가 빛나 사람들이 바로 보지 못했다는 전설이 전해진다. 논산 8경의 첫 번째가 바로 관촉사의 아침 햇빛이거니와, 이는 바로 미륵상의 위엄도 고려했을 것이다. 미륵은 미래불이니 바로 슬픔 속에 사는 모든 이들의 등불이다. 우리 민족에게 면면히 전해져 온 미륵신앙의 원천은 백제를 중심으로 한 금강문화권에 있는바, 논산 관촉사의 미륵상도 그 증좌의 하나이다.

　　사진과 같은, 우는 얼굴이 천만 만만이 되면 미륵이 개벽의 새 세상을 열 터이다. 그 세상에선 당연히 담배를 피울 일도 술을 마실 일도 없겠다. 뭇 생명이 영원히 소멸하지 않고, 모든 존재가 다 공평하게 제 복록을 누리는 세상이기 때문이다.

관촉사 아침 햇빛과 관련해 하나 덧붙이자면, 논산 8경의 두 번째는 탑정호의 명홍이다. 일명 '기러기홍' 인바, 탑정호에서 듣는 새소리가 그리 좋다는 뜻일 터이다. 탑정호에서 새들이 가장 많이 모여 있는 곳이 바로 내가 기거하는 조정리 부근이다. 호수가 U자형으로 주머니처럼 쑥 들어앉았기 때문이다. 자료에 따르면 천연기념물인 큰고니, 원앙이를 비롯해 가창오리, 고방오리 등 4만여 마리가 모여 산다고 돼 있다. 요즘은 호수의 일부가 얼어붙어 그 얼음을 따라 새들이 긴 띠를 이루고 있어 장관이다.

새처럼 내 육체가 가벼워졌으면. 탑정호 물처럼 내 영혼
이 언제나 안정된 수평을 이루었으면 좋겠다. 새해 나의 소망이다.

내 고향 봉동리 두화에서 강경읍까지, 드넓은 논산평야를 서남쪽으로 휘감으며 흐르는 짱짱한 이십 리 둑길이 감싸고 있다.

강경으로 이사 오기 전까지, 나는 그 길을 걸어서 중학교에 다녔다. 잠시 자전거통학을 하기도 했는데 비만 오면 진창길이라, 어떤 땐 자전거를 들쳐 메고 이십 리 길을 걷기도 했다. 히말라야 트래킹을 가거나 하면, 젊은 후배들이 "몸도 그리 약비한 노친네가 어찌 그리 잘 걷냐"고 묻는다. 나는 "중1 때에도 하루 사십 리씩 매일 걸었으니, 그 경험이 내 몸의 DNA에 깃들어 있지 않겠어?"라고 대답한다. "대지는 책보다도 더 많은 걸 가르쳐 준다. 왜냐하면 대지는 우리에게 저항하니까." 생텍쥐페리의 말이다. 내게 끈기의 대부분을 가르쳐준 것은 바로 내게 '저항'했던 고향의 그 대지이다. 나는 황금벌판의 아름다운 그 '풍요'와 배고픈 내 실존의 '결핍' 사이에서 자랐다. 풍요와 결핍의 불안한 편차는 내적 출혈의 비밀스러운 과정을 통해 작가의 에너지가 된다. 그런 의미에서 나를 작가로 만든 연원의 대부분은 바로 논산과 강경 사이, 그 바람 부는 들길에 있다고 해도 과언이 아닐 것이다.

　　인간의 가장 위대한 힘은 '저항' 하는 자연과의 관계로 부터 축적된다. 시멘트 더미에 둘러싸여 자란 사람은 실패했을 때 자살을 생각하지만 자연의 '저항' 과 직면해본 기억들을 많이 가진 사람은 벼랑 끝에서도 반드시 살 길을 찾는다.

　　이제 논산에서, 내 자신이 '자연' 이고 싶다. 자연인으로서 나의 마지막 꿈이 거기 있다. 내가 '자연' 이 될 수만 있다면 조정리에서의 내 삶은 단언컨대, 나날이 축복이 될 것이다.

하루 종일, 독일인 에리히 쇼이어만이 남태평양 우풀루섬의 한 추장이 전하는 말을 편집한 《빠빠라기》를 읽었다. 빠빠라기는 남태평양 원주민들이 쓰는 말로 '천국의 파괴자'라는 뜻이며, 곧 서구 문명인을 지칭하는 말이다. 책은 "흰 범선을 타고 온 흰 피부를 가진 사람들"이 왜, 어떻게 천국 같은 남태평양 원주민들의 삶을 파괴할 것인지, 지혜로운 추장 투이아비의 말을 통해 신랄하고 우울하게 전하고 있다. 언제부터 이것이 내 서가에 꽂혀 있었는지도 모르겠다. 서두를 읽기 시작하면서부터 나는 이내 죽비로 얻어맞는 듯한 전율을 느꼈다. 그 어떤 지식인이 쓴 문명비판서보다 훨씬 더 강력하고 장엄한 어조가 담긴 책이었다.

이를테면 추장 투이아비는 빠빠라기들이 옷이라는 걸로 온몸을 감쌈으로써 "목 윗부분만을 실제 인간"으로 취급하고 있고, "지네들이 용암 틈바구니에서 살듯 딱딱한 돌 상자" 속에서 바보같이 "태양"을 피해 살고 있으며, 일평생 "둥근 금속과 무거운 종이(돈)"의 노예가 되어 인간 고유의 "위대한 정신"을 송두리째 버렸고, 아울러 모든 것을 "물건"이라고 부르면서, 기실 사람이 본래 갖고 태어난 창공과 햇빛, 수많은 생명이 깃든 숲과 바다의 위대한 가치들을 사소한 "물건"들에게 팔아치웠다는 것이다. 문명이란 명백한 오류의 덩어리이자 막다른 골목으로의 야만적인 질주라고 말하는데, 통찰력 뛰어난 추장 투이아비는 주저함이 없었다.

누가 복사해서 선물했던 듯, 두껍지도 않고 잘 만들지도 못한 이 책은, 내가 평생 무엇을 그리워하며 살았는지를 명확히 일러 주었고, 아울러 내가 평생 무엇 때문에 불안에 쫓기면서 살아왔는지 날것의 외침으로 서늘하게 깨우쳐 주었다. 문제는 이 책이 처음 독일에서 나온 1920년대에 비해 문명의 질 나쁜 진화가 너무 빨리 이루어져 인류가 이미 돌아갈 길을 잃었다는 데 있었다. 나라고 무슨 수가 있겠는가. 윤색되지 않은 '태양의 사람'으로 사는 게 나의 애당초 꿈이었다는 걸 명징하게 알았으나, 이미 소용없는 꿈이라고 나는 생각했다. 그래서 책을 다 읽고 나선 오히려 몹시 참담했고 슬펐다.

아, 문명의 그림자가 우리의 위대한 정신을 가리지 않는 비밀스러운 땅으로 지금 당장 떠나고 싶다. 더 이상 완전한 오지가 없다는 것은 모든 인류의 비극이다. 우리가 고독한 것은 신이 우리를 고독하게 만들어서가 아니다. 대지에 깃든 위대한 정신을 우리가 알량한 욕망으로 먹어치웠기 때문이다. 히말라야로 가야겠다. 비록 문명의 빠빠라기들이 이미 반쯤 먹어치운 히말라야일지라도.

　　어제 읽은 《빠빠라기》에서, 우풀루섬 추장은 문명인들은 쓸데없이 "야자열매를 쪼개듯이 시간을 쪼갠다"고 전제하고, 그러니 늘 "시간이 없다"고 초조해 할 수밖에 없는데, "그것은 분명히 병이다"라고 단언하고 있다. 문명인들은 마치 "악마에 사로잡힌 듯 언제나 정신없이 뛰어다닌다"는 것이다.

　　아이구, 내가 살아온 생을 다 둘러보고, 나를 지적해 하시는 말씀이 아닌가. 그는 또 문명인들이 자신에게 "몇 살이냐"고 물었을 때 그게 무슨 말인지를 몰라서 웃기만 했다고 말했다. 문명인들이 '나이'라는 걸 일러주면서 "당신은 자기가 몇 살인지 꼭 알아야 한다"고 충고했을 때, 속으로 "그런 건 모르는 게 더 좋아"라고 중얼거렸다 고백하면서, 몇 살이냐 하는 건 자신의 생이 얼마나 많이 "지나갔냐" 하는 걸 뜻하는데 그런 생각은 "아주 위험하다"고 지적했다. "왜냐하면 얼마쯤 더 지나면 자신의 생명이 끝난다"는 것을 '나이'가 알려주기 때문이고, 그걸 알고 느낄 때마다 생의 즐거움이 없어져 죽음을 더욱 빨리 오도록 할 뿐이기 때문이라는 것이다. 나이를 아는 건 오히려 인생의 해가 된다는 말이었다. 그러면서 그는 "우리에게 시간은 언제나 충분하다"면서, 미친 듯 뛰지 않아도 원한다면 "우리는 늘 우리의 목적에 충분히 도달할" 수 있다고 단언했다. "우리는 방황하는 가난한 빠빠라기(문명인)를 망상에서 벗어나도록" 그들이 쓸데없이 "물건의 숫자"를 헤아리느라 잃어버린 시간을 되돌려줘야 한다면서.

　　　바로 내 소망이요, 지향이다. 이 숨 가쁜 문명의 굽잇길에서, 남태평양의 이 투이아비 추장을 진정 내 스승으로 삼는다면, 시간이 지나간다는 초조함에 내 생의 가치와 즐거움을 빼앗길 일 따위는 없으렷다!

오늘은 아버지 제삿날이다.

고교 시절 '광기에 가득 찬 세계'와의 '불화' 때문에 내
가 첫 번째 자살 시도를 했을 때, 만개한 라일락꽃이 창 위로 쑥 올라
와 있던 어느 병실, 몸져누운 내 머리맡에서 늙어가던 아버지가 말씀
하셨다.

"나는 장삿길이라, 평생 기차를 많이 타고 댕겼다. 주로
완행 열차였는디, 뭐 늘 만원이었지. 그치만, 열 칸 넘는 기차 속도 꼼
꼼히 뒤지고 댕기다 보믄, 아무리 만원기차라도 내 궁뎅이 하나 부빌
자리는 있더라. 너는 젊은 게, 뭐 땜새 그리 힘들어 허는 줄 모르겄다
마는, 그 뭣이냐, 첫째 칸도 뒤져보지 않고 아이구, 나 앉을 자리 읍네,
하면서 냉큼 포기헐 놈이다. 그래가지곤 암것도 못헌다!"

생을 살아오면서, 어려운 일이 앞을 가로막을 때마다 나
는 늘 아버지의 이 말씀을 생각했다. 나는 내 자리를 찾아 지금껏 기차
의 몇 칸이나 찾아보았을까 하면서. 아버지는 비유에서, 나보다 앞서
가는 '작가'였다.

2012년 1월 27일 　　　　　　　　　　　　　　　　서울

종일 흐린 날씨. 우울하다.

　　우울은 내 영혼의 숙주인지 모른다. 그러나 그것에 파먹혀 멸망진 않는다. 나는 내 안에 아직 다 소진하지 않은 어떤 광채가 남아 있다고 믿는다. 생명을 가진 모든 것이 지닌 불가사의한 그 광채의 다른 이름은 이를테면 신성, 혹은 사랑이다. 생명은 음식이 주는 영양분에 의해서만 유지될 수 없다. 생명이 지닌 최저층의 윤리성이 그것일 게다.

　　나는 우울에게 내 살점을 조금씩 떼어 먹이면서, 내 안의 광채가 터져 나올 때를 기다린다.

　　오늘 같은 날, 특히 이런 날, 나는 틀림없이 야행성 야생동물이다. 내적 출혈의 붉은 피를 낚싯밥 삼아, 한밤에 찾아올 황홀한 사냥의 순간을 기다린다. 소설을 쓰는 건 '향연'이라고 밀란 쿤데라가 말했다든가. 아니다. 창작은 굶주린 자의 용의주도하고 가차 없는 사냥이며, 포식이다.

산책 중에 부암동 숲 속에 있는 한 집에 들렀다. 바로 영화 〈은교〉를 찍고 있는 집이다. 오랫동안 비어 있던 집에 책과 살림을 채워 넣어 주인공 '이적요'의 집으로 삼았는데 촬영이 끝났는지 집은 황량하게 비어 있다. 무성한 잡초와 오래된 목재문과 소나무에 둘러싸인 기와지붕이 꼭 죽어가는 이적요를 상징하는 듯해 맘이 아프다.

촬영 중에 두어 번 들린 적이 있었다. 한 번은 칠십 대 이적요로 분장한 박해일을 보고 "아이구, 형님!"이라고 말한 적도 있다. 분장 기술도 놀랍고, 박해일의 영화에 대한 열정도 놀랍다. 노인으로 분장하려면 최소 10시간 정도 걸린다. 아침 장면 하나 찍기 위해 박해일은 자정 전부터 꼿꼿이 앉아 분장사에게 얼굴을 맡겨야 하는 것이다. 서지우 역할은 젊고 아름다운 배우 김무열이 맡았고 은교 역은 21살의 신인 김고은이 맡았다. 김고은은 뛰어난 미인이라기보다 청결하고 신비한 이미지이고, 김무열은 작가를 어머니로 둔, 아주 단아한 청년의 이미지다. 좋은 조합으로 보인다. 봄에 개봉한다니, 벌써부터 기다려진다.

《은교》는 존재론적인 나의 슬픔과 반항심을 치열히 반영한 소설이다. 나날이 늙어간다고 느끼던 고통의 어느 절정에서, 나는 '젊음'을 때로 강력히 욕망했고, 때로 그것에 대해 포악하고 비천한 질투심을 느꼈다. 그것을 훔칠 수만 있다면 《파우스트》에서처럼,

영혼과 나의 모든 인격을 송두리째 팔아도 좋다고 생각한 적도 있었다. 나는 그래서 "미친 듯이 혼자 춤춘다"는 기분으로 소설 《은교》를 썼다. 관객은 상관없었다. 춤을 추지 않으면 목이 졸리는 느낌에서 영원히 벗어날 수 없을 것 같았다. 그러나 다 쓰고 나서, 나는 내가 춤을 춘 것이 아니라 "젊은 너희의 아름다움이 너희의 노력에 의한 것이 아니듯이 늙은이의 주름살도 늙은이의 과오에 의한 것은 아니다"라고 절규한 것에 불과했다고 생각했다. 공허하고 슬펐다.

논산에선 노상 서울 생각, 서울에선 노상 논산 생각뿐이다. 몸과 맘이 한곳에 있어야 삶이 안정될 텐데, 평생 그것이 따로 노니까 어디, 어떤 환경에 놓여 있든 삶은 벼랑과 벼랑 사이다. 그렇지만, 벼랑 위의 길을 걷지 않으면 갈망도 깊지 않을 터이다. 내가 작가로 살아가는 연원이 거기 있다.

작가는 그리움이 많은 자들이다.

　　내가 언필칭 '절필' 하고 용인 외딴집에서 은거할 때, 스스로 선택해 글쓰기를 중단했는데도 처음 일 년은, 마치 세상에서 강제로 펜을 빼앗고 그 외딴집에 데려다가 나를 감금한 것 같았다. 나는 상처투성이였으며, 그리하여 세상에 대한, 나에 대한 원망과 분노가 가득했다. 수상쩍은 세월을 살면서 나도 모르게 내 안에 가득 찬 독기가 빠지는 과정이었던 것이다.

　　일 년쯤 지나고 나자 비로소 외딴집을 둘러싼 나무, 바람, 숲, 새, 벌레, 풀들이 내 가슴에 사무치게 들어와 박히기 시작했다. 상처를 치유하는 데 있어 자연처럼 놀라운 건 없었다. 나는 날이 갈수록 충만해졌고, 시인 김승희의 표현에 따르자면 '선적인 무정부 상태'에 도달했다. 세상이 나를 잊어가고 있다고 느낄 때 남몰래, 가만히 나를 찾아와 당신은 버림받은 게 아니라고 따뜻이 속삭여주고 가는 이도 있었다. 버림받았다고 느낀 다음에야 비로소 사랑을 발견하고 품을 수 있었던 셈이다.

　　가끔 깊은 밤 혼자 앉아 아무도 몰래 시를 쓰기도 했다. 소설은 촘촘한 '논리의 그물망' 이지만 그 시절의 내게 시는 '우주의 한 귀퉁이에서 얼쑤절쑤 추는 한바탕의 춤' 같은 것이었다. 그것은 해방이었고 자유였으며 사랑이었다. 2003년 문단 데뷔 30주년을 자축하려고 문학동네에서 펴낸 나의 유일한 시집《산이 움직이고 물은 머문다》에 실린 시들의 대부분이 바로 그때 쓴 것.

　　　이를테면 〈소설〉이라는 제목의 시에서 "영원히 / 내 머리 / 내 뼈 / 내 십이지장 맹장 간 이자 신장 큰창자 작은창자 똥구멍에서 / 심장에서 / 삭제하고 싶은 / 사랑, 유일한"라고 썼고, 황혼녘만 되면 너무 서러워 〈놀〉이라는 시에서는 "정한 많은 / 어느 산사람 있어 / 저물녘 날마다 / 생피 쏟고 죽는다 // 나도 / 덩달아 골병든다"라고 썼고, 또 〈절필〉이라는 제목으로 "절을 떠나니 편안해졌다 편안하니 부처가 중심으로 / 들어왔다 한밤중 홀로 거울을 보니 내 사랑 이제 환하구나"라고 쓰기도 했다.

　　　나뿐만이 아니다. 누군들 가슴 속에 왜 '시인'이 들어 있지 않으랴. 단지 경쟁 중심의 어지러운 세상에서 낙오하지 않고 사느라 모두들 '시인'을 횡격막 아래 숨겨놓고 있다고 나는 생각한다. 당신의 '시인'을 때로 해방시켜 춤추게 할 때, 비로소 삶은 빛나는 음악 소리를 낸다는 것.

2012년 1월 30일　　　　　　　　　　　　　서울

어느 햇빛 좋은 날 / 내가 빈 겨울 숲으로 들어갔더니 /

숲이 내 마음으로 들어와 앉는다 / 제가 내 주인인 것처럼 // 쓸쓸하게

차 있고 따뜻이 비어 있구나.

〈서시〉 전문, 박범신 시집 《산은 움직이고 물은 머문다》 중에서

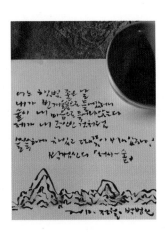

……눈은 정다운 옛이야기 / 남몰래 호젓한 소리를 내고 / 좁은 길에 흩어져 / 아스피린 분말이 되어 곱게 빛나고 / 나타샤 같은 계집애가 우산을 쓰고 / 그 위를 지나간다 / 눈은 추억의 날개 때문은 꽃다발 / 고독한 도시의 이마를 적시고 / 공원의 동상 위에 / 동무의 하숙 지붕 위에 / 카스파처럼 서러운 등불 위에 / 밤새 쌓인다

〈눈 오는 밤의 시〉의 일부, 김광균

처음엔 좁쌀 같더니, 마침내 살찐 누에 같은, 어린 나비 떼 같은 눈이 내린다. 논산집 올라가는 굽잇길도 눈이 소복이 쌓였겠다. 눈 사이로 홀로 고요한 조정리집이 보인다.

난로가 있으면 장작에 불을 지피고 싶다. 삭정이들 파삭파삭 튀겨지는 소리를 들으며 그리운 당신을 위해 고구마나 구웠으면 좋겠다. 눈은 먼 곳에서 오는 다정한 누군가의 편지 같다. '옛이야기' 도 같고.

눈에 덮인 세상은 모든 것이 하나의 추상으로 보인다. 경계도 없고 너와 나의 가름도 없다. 사모아 섬의 원주민 말 "라우"는 '내 것' 혹은 '네 것' 이라는 뜻을 동시에 갖고 있다. 순수한 자연 속에

서 살면 내 것과 네 것을 구분할 필요가 없기 때문이다. 눈 덮인 세상
에선 금방이라도 신의 목소리가 들릴 듯하다. 내 것과 네 것을 모질게
가르느라 우리가 일찍이 들어보지 못한 부드럽고 푼푼한 그 목소리.

　　　　나는 지금 그 무엇에도 방해받지 않고, 우산도 쓰지 않
고, 호젓하고 고요한 길을 가고 있다. 나의 내면, 그 맑은 우물로 난 길
이다. 눈이 내리니 멀고 가까운 게 없다. 당신이 이리 정답고 또 가깝다.

풀 헤치고 바람 맞음 무엇을 위함인가 / 태어나기 전의
일 밝히고자 함이었네.

《장자》의 '달생편'에서

눈 쌓인 뜰 내다보다가, 뜬금없이, 《장자》를 찾는다. 가
령 '열자'가 '관윤'에게 묻고, 듣는 이런 대목.

"지덕을 가진 자는 땅속을 다녀도 막히지 않고 불 밟아도 뜨겁지 않
으며, 만물 위를 다녀도 두렵지 않다는데, 어떻게 그리됩니까?"

"그것은 순진한 기운을 지키고 있기 때문이다. (…) 무릇 술에 취한
사람은 수레에서 떨어지더라도 죽지 않는다. 수레를 탄 줄도, 수레에서
떨어지는 줄도 몰라, 죽고 사는 두려움이 그 마음에 깃들 수 없는 것이
니 (…) 겨우 술기운으로 정신이 온전해져도 이와 같거늘, 하물며 그
정신의 온전함을 하늘에서 얻는다면, 무엇이 그를 감히 해치겠는가."

부자는 더 큰 부자가 되고 가난한 이는 더 고통스러운 가난 속으로 내몰리고 있다는 뉴스를 듣는다. 누군가는 설경이 축복이나 이웃의 누군가에겐 이 설경, 이 한파가 형벌이다. 이유 없이 이 아침 이리 가슴이 아프다. 혹시 내 삶은 너무 비겁하지 않는가.

햇빛은 빛나고 쌓인 눈은 뜨겁다. 소나무에 얹힌 눈을, 행여 가지 부러질까 털어내는데, 어린 새들이 부리로 햇빛을 들까불며 수직 상승한다. 허공보다 빛나는 태양이 없고 허공보다 깊은 바다가 없으며 허공보다 높은 산이 없으렷다. 우리는 물질에 대한 알량한 욕망으로 '태어나기 전의 일'을 다 잊었고 '순진한 기운'도 다 버렸다. 나 또한 그럴 것이다.

날아가는 새를 눈으로 좇는데, 허공을 종횡무진하는 눈의 칼에 찔리어 그냥 눈 질끈 감고 만다. 아프다.

너는 왜 한사코 화를 내지 않니. 너는 왜 사람들 앞에서 울지 않니. 너는 왜 큰소리로 노래하지 않니. 아, 왜 사랑한다고 말하지 않니.

지킬 게 많아서? 두려워서?

무거운 것이 나쁘지 않은 것처럼 가벼운 것도 나쁘지 않아. 삼키면 토해내야 되는 게 인간이구, 그래야 건강해. 그것이 분노, 슬픔, 애욕일지라도. 참고 견뎌야 하는 건 우라질, 시간밖에 없단다. 너를 오래 가두지 마. 그것은 죄, 자신에 대한 범죄일지도 몰라. 화내고 울고 춤추는 그들도 너와 하나도 다르지 않아.

내 말은 간단해. 화내고 울고 춤추고, 그리고 "당신을 갖고 싶어요!"라고 말해. 우린 하나의 시간, 하나의 지구에 지금 함께 견디며 살고 있어. 다만 화내고 울고, 그런 게 습관이 되지 않으면 되는 거야. 습관은 약한 자의 가면 같은 거니깐.

　　내 소설 중 고향을 배경으로 한 작품은, 초기에 쓴 걸로 《논산댁》《겨울아이》《염소목도리》《읍내떡빙이》《시진읍》《그들은 그렇게 잊었다》 등이 있는데 주로 연무읍과 강경읍을 배경으로 삼은 것이다. 장편《풀잎처럼 눕다》는 도입부 배경이 강경 옥녀봉과 돌산을 합쳐 모델로 삼은 것이고, 또 장편《개뿔》 역시 서울 독립문 부근 '영천'에 올라와 살던 고향 사람들 이야기이며, 동아일보에 장기 연재했던 《불의 나라》《물의 나라》에선 '한내리'라고 했지만, 사실은 지석묘가 있는 양촌면 신기리에서 태어나고 자란 청년들의 이야기다. 운주사는 이모댁을 찾아가느라, 어렸을 때 신기리 일대의 개천을 따라 걸어가면서 보았던 맑은 물길이 사무치게 기억에 남아 있기 때문이다.

　　후반부에 쓴 소설로는 장편《더러운 책상》과 연작《들길》이 있다. 《더러운 책상》은 나의 십 대 후반을 기록한, 잊을 수 없는 자전적 소설로, 작품의 삼분지 일 정도가 강경 채산동과 강경역 등을 배경으로 삼고 있으며, 《들길》 연작 역시 강경과 연무읍 두화마을을 잇고 있는 들길이 배경이다. 내가 쓴 소설의 전체 분량에서 많은 건 아니지만, 하나같이 마음 애틋해지는 작품들이다. 다른 소설보다 내 상처와 연민이 많이 투사된 작품이라 그럴 것이다.

작가는 쓰지 않을 때가 마음 더 분주하다. 벌써 열 달째 소설을 쓰지 않고 있으니 가만히 있어도 더 불안하고 더 분주할 수밖에 없다. 조정리에 내려가 자리 잡는 과정에서 지지부진 시간을 많이 끌게 된 때문이기도 하지만, 더 깊은 본원은 아마 "이 시기에 무엇을 쓸 것인가?" 하는 곤혹스럽고 의미심장한 문제 앞에서 내가 좌초해 있기 때문일 것이다. 작가인 내게 고향이란 단순히 추억의 장소일 수만은 없다. 수구초심이라면서, 나의 대답을 끝낼 순 없다. 무엇인가, 그 어떤 비의적인 '이야기'가 나를 불러 내린 것일 테지. 지금은 우연으로 보이나 나의 논산행을 결국은 '필연'으로 만들 그 무엇.

리모델링 하느라 서울에만 있으니 조정리집이 오히려 다가와 자꾸 나를 건들고 내게 묻는다. 아니다, 아니다, 하면서도 그새 조정리집에 내 혼이 들어가 박혀 있나 보다.

늘 생각했어. 예수님 아버지는 왜 목수였을까. 나무엔 무엇이 깃들어 있을까. 사랑과 상처와 눈물도 깃들어 있을까. 아니 신도 혹시 거기에?

엊그제 판화가 남과 함께 동네에서 차 한잔 마시는데, 어떤 중늙은이 부인이 아들 내외인지 딸 내외인지, 아무튼 젊은 두 사람 손 잡아주며 가라고, 난 괜찮다고, 억지로 보내고 나서 거리의 화단, 말라죽은 꽃 옆에 앉아서 한숨 후유, 쉬는 걸 창 너머로 보았을 때, 그 귀밑머리 아래의 보라색 점이 내 시선을 확 붙잡는 거였어. 강경 채운산 중턱, 고아원 유리창 너머에서 보았던, 익산 가는 통학기차 타기 위해 새벽마다 채운산으로 짐짓 돌아가는 나를 흐린 유리창 안에서 내다보곤 했던 쬐꼬만 기집애, 너의 그 보랏빛 점인가 싶었네. 평창동 화정박물관 찻집 너머, 가로에 앉아 한숨 쉬던 초로의 그 여자가 설마 내가 채운산에서 본 여중학생 너는 아니겠지. 내 눈이 어찌 된 걸 거야. 아, 채운산, 옥녀봉, 죽림서원, 돌산, 갈대밭, 강경역, 그래서 생각 난거지, 채운산 중턱의 그 고아원말야. 정수장 너머 숲으로 가던 너의 발소리와 귀밑머리 아래의 보랏빛 점 하나. 내 소설 《더러운 책상》에 등장하는 그 소녀. 그날 밤 초승달이 떴던 것도 같고.

오늘 둘째 누님 손녀딸 시집가는 날이었어. 얼마 전에, 한 달도 남지 않은 딸 혼삿날을 기다리지 못하고 죽은 조카가 자꾸 화촉 그늘에 보이더라고. 하늘에서라도 내려다보고 있겠지. '물 아래 옥돌' 같은 딸이 시집가는 날인데, 죽어서라도 왜 보고 싶지 않겠누.

논산집 뜰에 들여 놓은 컨테이너 박스 생각나. 목공소나 하나 차려야지, 하면서 들여 놓은 그 컨테이너에서 할 수만 있다면, 네가 앉아서 늙어갈 의자 하나 짜고 싶어. 나무를 다듬는 일은 밀란 쿤데라의 표현에 따르자면 '신의 창'으로 들어가는 것일 게야. 나무는 생명이니까. 죽어서도 살아 있으니까.

죽은 우리 큰 매형이 목수였거니와, 오늘 결혼식장에서 본 여든 넘은 큰누님, 너무 늙어 있었어. 가슴이 막 찢어졌다구. 둘째 누님도 셋째 누님도 가속적으로 늙어가는 중이야. 일찍 죽은 막내 누님의 이야기는 아직도 너무 가슴이 아파 차마 말하지 못하겠어. 살아생전 말하지 못할지도 몰라. 그러니, 어디서 무엇이 되어 있든, 그냥 쿨하게, 환하게 살아. 그대에게 안성맞춤의 '안락의자' 하나 찾아 앉아서. 사는 거 별거 아니라고, 그러면서 살아. 웃고 떠들면서, 도란도란 사랑하는 사람과 이야기하면서, 그러면서 살아. 어쩌면 네게는 감옥이었을지도 모르는 그 고아원 유리창 안쪽에서 빛나던 너의 초롱한

눈빛을 잊지 않는 사람도, 지구의 어느 모퉁이에 함께 살아 있다는 걸 기억해 줘. 어렵고 힘든 일이 혹시 닥치면 생의 그 '안락의자'에 너그럽게 앉아서 이렇게 자신에게 속삭이는 거야.

"괜찮아. 다 잘 될 거야. 정말 괜찮아!"

날이 추워 요즘은 주로 집에서 보낸다. 아침에 일어나면 아내한테 "오늘은 삼식이야"라고 미리 예고를 한다. 하루 세 끼 집에서 밥 먹을 예정이라는 것이다. 저녁약속 있으면 당연히 '이식'이가 된다. 잘나가는 남편들은 '주 일식'이나 '월 일식'도 많다던데, 백수 남편과 살아 세끼 밥 챙겨주는 일도 자주 있는 아내가 생각하면 참 안됐다.

유리창 한 장 사이인데, 때론 창밖과 창 안쪽 세계는 별과 별 사이처럼 멀고, 또 나와 나 사이처럼 가깝다. 소월은 이런 거리를 '저만치'라는 신비한 말로 표현한 적 있거니와, 사람 사이의 거리도 이와 다르지 않을 터이다. 한 침대를 쓰는 사람일지라도 때론 별보다 멀고, 때론 나보다 가깝다. 주관과 객관도 그러하고 환희와 눈물도 그러하다. '저만치'는 그야말로 비밀스럽고 눈물 나는 거리이다.

작가는 창 안쪽에서 창밖의 세계를 보고 기록하는 사람이다. 뛰고 걸으면서 쓸 수는 없다. 피 튀기는 저자의 이야기를 아무리 현장감 넘치게 쓴다 해도 쓸 때, 그는 창 안쪽의 책상으로 돌아와 앉아야 한다. '저만치'의 거리가 없다면 사물을 볼 수도, 기록할 수도 없기 때문이다.

돌아보니, 평생 '저만치'의 그 거리와 싸워온 느낌이다. 세상과, 혹은 당신과, 더 가까워 한 몸이 되고 싶을 때는 '저만치' 떨어져 있어 고통받았고, 더 멀어져 남이 되고 싶을 때 역시 '저만치' 가까이 있어 고통받았다. 사랑도 미움도 그 거리를 다 넘어서진 못한다. "사랑하는 사람 만들지 마라, 너무 못 만나 괴롭다. 미워하는 사람 만들지 마라, 너무 자주 만나 괴롭다." 그런 선시가 가까이 다가오는 아침이다.

세상에, 봄이 오기는 오는가. 짜증 나는 뉴스 가득한 신문을 읽다 창 너머를 본다. 잔설이 덮인 북악은 잔뜩 얼어붙어 있다. 하지만, 다시 보면, 정작 잎 떨어진 나무들엔 초조하거나 불안한 기색이 전혀 없다. 세수하고 난 아이들처럼 우뚝우뚝 서 있을 뿐이다. 사람도 품 넓고 굳세면, 춥고 외로운 오늘에 내둘리지 않고 저리 천명을 기다리겠지. 창 안쪽에서 상처받은 어린 짐승처럼 서성거리면서, 정말 봄이 오긴 오나, 세월과 세상을 싸잡아 의심하는 것은 내가 약한 인간이기 때문일 것이다. 겨울나무처럼, 넓은 품으로, 굳세어지고 싶다.

나는 요즘 트위터는 되도록 하지 않는다. 너무 시끄럽고 거칠기 때문이다. 그곳에선 '나꼼수' 식의 수다가 점차 트렌드로 강화되고 있다.

간단히 말해, 풍속과 제도가 충돌할 때, 풍속이 타락했다면서 제도로서 더욱 엄격히 제재하자고 하면 보수가 되고, 풍속이 변했으니 제도 자체를 바꿔야 한다고 주장하면 진보가 된다. 가령 조선에서 과부가 애 낳는 일이 많아질 때, 애 낳는 과부를 더욱 엄격히 벌주자는 사람은 보수이고 애 낳는 과부도 존중하도록 법을 고치자면 진보일 것이다.

따라서 다층적이고 다양하기 이를 데 없는 현대사회에서, 100프로 보수, 100프로 진보가 있다면 자연스럽지 않다. 100프로 진보나 100프로 보수는 불순한 목표를 가진 정파주의자, 혹은 광신도일 것이다. 광신도가 신을 만나겠는가. 진보적 보수나 보수적 진보, 나아가 경계인, 회색인 등이 오히려 자연스럽다.

우리 사회가 가진 문제의 하나는 중간지대에서의 발언이 적거나 존중받지 못하고 있다는 것이다. 발언은 주로 자신의 본심과 상관없이, 오로지 정파주의로 무장한 '전사'들이 거의 독점하고 있다. 중간지대에서 좌우를 사려 깊게 보려는 사람들에겐 발언대가 없다. 그들은 침묵의 카르텔에 숨어 있으며, 침묵하도록 강요받고 있다. 사고의 팬덤화가 무섭다.

큰 목소리만으로 얻을 수 있는 것은 많지 않다. 내가 비난하고 비판하는 집단에서 쏙 빠져나와 나만 무죄라고 주장하는 식의 거칠고 비하적인 공격만으론 얻을 게 별로 없을뿐더러, 공소하게 끝날 염려가 많다.

사랑조차 그러하다. 큰 목소리로 사랑하는 사람을 어떻게 얻겠는가. 내가 "아무것도 아니다"라고 생각할 때, 그러면서도 사려 깊고 단단한 주체로서, 상대편에게 물처럼 스며들고자 할 때, 우리는 비로소 사랑을 얻는다.

간밤엔 두 명의 어여쁜 처녀와 축하주를 마셨다. 어제 날짜로 '세계의 문학'을 통해 작가가 된 주란이는 자꾸 작가가 된 게 믿어지지 않는다고 말했고, 직장을 새로 얻은 균이는 월급이 많이 올랐다면서 술값을 제가 내겠다고 했다. 대학 1학년 때의 여리고 여린 균이 모습이 지금의 얼굴에 포개져 떠오른다. 맘이 참 뿌듯했다.

"모든 좋은 건 앞날에 있다"는 브라우닝의 시구도 있거니와, 성실하게 노력하면 대개 삶의 환경은 나아진다. 간밤에 함께 술 마신 두 처녀도 연전에 비하면 훨씬 나아진 환경에서 생활하고 있다. 그러나 삶의 환경이 나아지는 것과 행복해지는 것이 꼭 비례하진 않는다. 어떤 사람은 환경이 나아지면서 오히려 더 빈곤감을 느끼거나 더 불안한 삶을 살기도 한다. 욕망이 훨씬 빠른 속도로 확대재생산되기 때문이기도 하고, 환경의 개선으로 결코 채워지지 않는 근원적인 결핍감이 존재하기 때문이기도 하다.

나는 '행복한 사람'은 행복한 사람으로 '타고난다'고 생각하는 편이다. 내 경우도, 젊을 때에 비해 환경은 놀랍게 개선됐으나, 행복지수는 거의 늘어나지 않았다. 사람들 앞에서 행복감을 연출하는 제스처가 늘어났을 뿐이다. '탄생 이전에서부터 부여받은 슬픔과 결핍감'이 언제나 나를 붙잡고 있기 때문이다. 나는 말하자면, '행복하지 않게 태어난 케이스'일 것이다.

아리스토텔레스는 행복은 "자족 속에 있다"고 했고, 소크라테스도 이르길 "행복을 자기 자신 이외에서 발견하려고 하는 사람은 그릇된 사람"이라고 했다. 행복이란 어쩜 결정론적인 감정일는지도 모르겠다. 그렇다면 행복을 위해 구태여 마음을 애태울 필요도 없지 않겠는가. 칼 힐티의 지적처럼, 나에게 행복이란 말은 "어딘지 모르게 우울한 가락"이 있다. 그것을 입에 담은 순간 그것은 이미 도망가버리니까.

결론은 이렇다. 행복한 사람은 스스로 자기를 정화하는 능력이 있어 언제나 순정 어린 마음의 상태를 유지하고 있다는 것이다. 환경은 부차적인 문제이다.

오늘은 '삼식이' 다. 처리할 일들이 있는데 컴퓨터를 잘 다룰 줄 몰라 스트레스를 받다가 창 너머를 보니, 벌써 날이 저문다. 창가에 바투 다가서서 우두커니 놀바라기를 한다.

저물녘은 이른바 '다르마타'로서, 본성에 가장 가까워지는 시간이라고 한다. 지금 '제정신'으로들 사시는가. 가진 것이 한 짐이면서도 너나없이 더, 더, 더 하고 앞다투어 달려가는, 미친 세상이다. 부자는 더 부자 되고 가난한 자는 더 가난하게 만드는 데, 정치인도 경제인도 지식인도 혈안인 듯 보인다. 문화인까지 거기에 부응한다. 부도덕, 비윤리성의 구조적 총체적 실현이다. 그러니 모두 몸과 영혼이 따로 놀 수밖에 없다. 미치지 않고서야 세상이 이리 돌아갈 리 없다.

돌아보라, 경쟁에서 떠밀리지 않으려고 아등바등하는 새, 우리가 버린 본성이 검은 망토 둘러쓰고 나의 등 뒤에 따라와 우두망찰 서 있다. 우리가 버리고 온 꿈처럼. 주인이 돌아서 따뜻이 안아주기를 기다리면서.

갈망은 날이 갈수록 깊어지고 있지만, 사람들은 제가 진실로 그리운 것이 무엇인지 모른다. 사람들이 그걸 몰라야 일부 기득권층의 과실이 많아지기 때문에 그렇게 되도록 저들이 획책하는 것이다. 저들의 프로그램대로 사람들은 그냥 우왕좌왕이다. 이대로 간다면 온 국민이 소수의 자본가와 다수의 '경제적인 노예'로 나뉠 것이다. 일찍이 이렇게 부도덕한 시대가 있긴 있었을까.

2012년 2월 8일   서울

  양지바른 거실 창가, 내 무릎에서 첫돌을 넘긴 정이가
잠들었다.

  내가, 누군가에게 이처럼 포근하고 따뜻하고 드넓은 품
이 되는지 그동안 잘 몰랐다. 아이의 속눈썹을 내려다보고 있으니 가
슴이 막 뛴다. 파동이다. 생명으로부터 전이돼 오는 물보라이고 관계
가 만드는 무지개다. 나의 허무주의적 세계관이 잘못됐다고 말하는 아
이의 숨바람이, 내 볼에 시시각각 닿고 있다. 콧날이 시큰해진다.

  스피노자 왈 "모든 존재는 신 안에 있고"라고 했거니와,
지금 아이에게서 신을 본다. 무릇 생명이 곧 신성이라는 걸 알겠다. 나
도 오래전 누군가에게 그러했을 것이다.

간밤엔 아끼는 작가 김의 새 책이 나왔다고 해서 몇몇이 모여 늦도록 술을 마셨다. 김은 내 제자로서 오랜 슬럼프를 이겨내고 창작집으로 거의 십 년 만에 세 번째 책을 냈으니 마음이 특별히 애틋하지 않을 수 없다. 정치인들을 비롯해 호사가들은 책만 내면 프레스센터 같은 휘황한 건물에서 거창한 자축연을 열지만, 전문작가들 출판기념회는 매양 이런 식이다.

책을 낸다는 건 내 경험에 비추어 보면 쓸쓸한 짓이다. 새 책을 받아든 짧은 순간이야 충만감도 더러 들지만, 이내 속에서 뭔가 몽땅 빠져나간 듯 휑뎅그렁해진다. 불안하고 쓸쓸하다. 정황이 그러하니, 말로는 축하한다 해도 기실은 쓸쓸해지는 기분 붙잡아 위로해주려고 밤새 술을 함께 마시는 셈이다.

이대 입구에서 술을 시작해 홍대 입구 유흥가까지 진출했는데, 어디든 젊은이들이 떼 지어 흐르고 있다. 추운 날씨는 문제가 되지 않는다. 젊은 물결은 장강처럼 도도하고 생생하고 또 장엄하다. 그들에겐 빛이 있다. 내가 젊을 땐 내부에 어둠이 가득 차서 나의 빛을 보지 못했다. 저들 중의 일부도 그러할 것이다.

술은 취했지만, 이래저래 내가 새 책을 낸 것처럼, 허랑했다. 시간이 흐르는 게 아니라 내 존재가 시간 사이로 흐르고 있다는 걸 몰랐던, 내 안의 빛을 보지 못하고 나를 학대했던 내 청춘, 유죄다.

학위증을 동사무소에서 발급받았다. 지방의 모교까지 다녀와야 하나 고민하던 참이었다. 제자가 동사무소로 날 데려갔는데, 잠시 후 학위증이 나왔다. 놀라웠다. 관공서를 무서워해, 서류가 필요할 때마다 평생 아내가 대행해 온 터라, 동사무소에서 학위증을 뗄 줄 몰랐던 것이다. 돌아오는 길에 앞이 안 보일 정도로 눈이 내렸다. 나는 행복했고, 내 나라가 자랑스러웠다. (내가 나이 많아서 느낄 수 있는 행복이다. 예전 관공서는 아주 고압적이었으니까.)

"신은 인간을 자유롭게 창조했다"는 칸트의 저 유명한 선언에도 불구하고, 내 젊은 날엔 정치적 억압 때문에 자유롭지 못했다. 지금은 정치적인 억압 대신 자본권력의 억압이 그 자리를 메우고 있다. 자본이란 추상화된 가치이므로, 그것의 지배전술은 정치독재보다 훨씬 교묘하여 그 전선조차 볼 수 없다. 자본의 안락과 진정한 자유를 동시에 구하고자 하는, 우리 각자의 가슴에 그 전선이 지나가고 있다. 화염병을 던져야 한다면 먼저 우리 자신을 표적으로 삼아야 할지 모른다. 부자도 되고 진정한 자유도 얻는 일은, 낙타 타고 바늘구멍 통과하는 것만큼 어렵다. 자본이 발주한 경쟁의 프로그램을 통과해야 비로소 부자가 될 수 있기 때문이다.

각설하고, 작가로서 살아, 내가 받은 축복이 있다면 비교적 자유롭게 살았다는 것과 정체될 겨를이 없었다는 것이다. 나의 자유란, 이를테면, 청와대에 들어간다 해도, MB가 결코 나보다 높다고 생각하지 않으며, 아울러 그곳의 수위, 청소원이 결코 나보다 낮지 않다는 식의 믿음, 인간중심주의 자유를 말한다. 권력 중심, 돈 중심의 서열에 눌려선 자유롭다고 말할 수 없다. 소중한 것은 지향과 감각이다. 내 손, 내 눈, 내 오장육부에 찍혀 온전히 '내 것'으로 만들어진 그 무엇이야말로 참 자유일 것이다. 예컨대 고산에 오르는 알피니스트는 발걸음 하나마다 목숨이 걸려 있으니, 진정으로 자유롭다고 할 만하다.

　　날이 갈수록, 정치적 독재자의 억압을 받던 시절에 비해 우리 모두, 덜 자유로워질 확률이 높다. 관공서는 편리하고 친절해졌지만, 대신 졸업장 하나 떼는 데 모교에 천 원, 동사무소 수수료 3백 원을 냈다. 내가 얻은 것은 자유가 아니라, 자본이 만든 프로그램에 따른 편이성便易性에 불과할는지 모른다. 거대한 프로그램 뒤엔 바로 자본이 있다. 우리를 제 밑에 두고 노예처럼 부리려는.

어떤 사람들은 나보고 '가정적'이라고 한다. 이 난세에도 아내와 아이들 셋을 무난히 갈무리해왔기 때문일 것이다. 그러나 나의 대답은 '아니다'이다. 속내를 보면, 아내가 있는데도 마음속에서 자주 '외간여자'를 욕망했고 아이들에게도 절대적 헌신의 개념이 없었다. 아내는 아이들에게 무조건 모든 걸 주려고 하지만 나는 '계산속'이 있으며 때론 '빼앗긴다'는 느낌이 들기도 한다. 가족이라고 해서, 그 무엇이 됐든, 일방적인 관계가 되면 부도덕하다고까지 생각하는 사람이다.

'가정적'이란 말이, 절대적이고 일방적인 헌신의 관계에 의해서 유지된다고 믿는 것은 과연 옳은가. 그건 혹시 외부세계가 우리에게 주입한 이데올로기는 아닌가. '가정적'이 되려면 헌신만이 아니라 일정한 정치력과 전략이 필요한 게 아닌가. 나도 행복해지는 길을 끝없이 찾아 나서야 하는 건 아닌가. 아이들이 행복해지면 나도 행복해진다는 논리는 정당한가. 아내는 이렇게 묻는 나를 가리켜 종종 "좀 이상한 아버지"라고 하는데, 내가 이상한가, 아내가 이상한가.

사랑은 초월적인 이상이다. 사랑의 완성은 불가능한 꿈의 일종이라고 나는 생각한다. 정치력이 발휘되지 않고선 아무 관계도 유지되지 않는다. 정치력이란 일방적이거나 '네가 곧 나'라는 식의 절대적 관계에선 발휘되지 않는다. 아내든 아이들이든, 타자라고 전제해야 정치력이 발휘되고, 좋은 가족으로서의 틀거지가 평화적으로 유지된다. 그런 점에서 나는 때로 아내의 헌신을 이해하지 못한다. 경이롭다. 그렇지만 때론 매우 비생산적, 소모적이라 느낀다. 가족관계라고 해서 맹목적, 원시적이어야 하는 건 아니다. 나의 경우, 영원히 지속되는 건 사랑에 대한 내부의 갈망뿐이다.

아니, 아니다. 믿나니, 이 사막 같은 세상에서 사랑 이외에 우리가 목메어 울 일이 또 어디 있겠는가. 어쩌면 가족에 대한 나의 '전략'이라는 것도 사랑에 늘 속수무책인 나를 경계하기 위한 반어법적 선언인지도 모르겠다. 사랑이라는 감정을 이길 자신이 없으니까. 사실 사랑을 이겨 본 적이 한 번도 없었으니까.

좋아하는 후배들과 북악의 기슭을 걷고 내려오던 중 막
둥이의 전화가 온다. "엄마가 쓰러지셨어요!" 쓰러지다니, 병원까지
가는 길이 히말라야 산맥을 넘어가는 것처럼 더디고 멀다. 살아서 아
내한테 갚아야 할 빚이 한 짐인데. 그런 말이 비어져 나온다. 이런 일
이 두 번째다. 연전엔 길에서 쓰러질 뻔해 병원에 실려 갔었고, 오늘은
몸살감기 치료 받다가 의사의 잘못된 처방으로 쇼크가 왔던 모양이다.
혼수상태에서 깨어난 아내가 내 손을 잡고 "나, 두 번이나 정신을 잃었
었다!" 무용담처럼 말하는데, 입은 웃고 눈가는 젖는다. 애써 웃는 입
과 자연히 젖는 눈가가 고맙다. 살아 있는 눈이니까.

함께 산 게 39년이다. 오래 함께 하면 풋풋하고 뜨거운
사랑은 조금씩 잃고, 우의는 나날이 깊어진다. 나이가 들면 뜨거운 사
랑이 건강에 좋지 않다. 그것은 고도의 정서적 긴장 상태이므로 힘이
좋아야 견딘다. 서로, 오래된 의자와 내 엉덩이 관계처럼 익숙하고 안
락한 것이 좋다. 함께 한 기억의 더께가 소소한 욕망과 갈등을 다 덮어
주기 때문에 가능한 일이다. 그런 우의는 당연히 시간의 시험을 거쳐
야 한다. 시간이 쌓이지 않은 우의는 믿을 수 없다. 그러니, 어떤 아름
다운 여자를 새로 만난다 한들, 서로에게 이처럼 '안락한 의자'가 되
려면 또 얼마나 긴 가시밭길의 시간을 내가 또 거쳐야 하겠는가.

지금, 잠든 아내의 가지런한 숨소리가 듣기 좋다. 익숙하고 그래서 눈물겹다. 불과 스물 몇 살에 겁도 없이 "언제든, 네 옆에서 죽을 거야!" 하고 맹세했던 사람이니 그렇다. 다시 태어나면 누구에게든 그런 섣부른 맹세 따위는 하지 않을 것이다. '바람기'도 많고 결함도 많은 내가 철없이 한 그 맹세를 나름대로 지켜오는 데, 돌아보면, 얼마나 많은 '시험'을 거쳐 왔겠는가.

봄이 오면 지난해 죽은 늙은 매화를 뽑아내고 새로운 젊은 매화를 심고 싶다. 아내는 돈 든다고 또 반대하겠지만. 바라나니, 예까지 함께 왔으니, 앞서거니 뒤서거니, 최소한 그렇게 가고 싶다. 뭐, 사랑이 깊어서 하는 말이 아니다. 갚지 못한 빚이 너무 많은 아내에게 늙어가며 최소한의 '인간적 예의'만은 지키고 싶기 때문이다.

아내의 들숨 날숨 사이로 새봄이 오는 낮은 발소리도 들린다.

어제 낮엔, 출판사 '자모' 집들이에서 만신 김금화 선생한테 "모든 게, 올해, 복이, 터진다!"는 축수를 들었다. 김금화 선생은 신이 돌보기 때문인지 예전 만나 뵐 때처럼 건강해서 보기 좋았다. 만신의 축수를 받았으니 올해는 뭐든 잘 될 것 같았다. 잘되고 말고 할 것 없이, 마음만 편안하다면 되는 일.

'자모' 강 사장은 예술가처럼 예민한 구석이 있는 사람인데, 돈을 어떻게 버는지 잘 모르겠지만, 아주 근사한 사옥을 홍대 입구에 세웠다. 열심히 사는 사람이다. 축사를 그의 형인 '문동' 강 사장이 했는데, 어떤 순간에 콧날이 시큰해졌다. 가진 것 없이 서울에 올라와 수상한 시대를 가로지르면서 지금의 문학 전문 출판사로 성공하기까지, 이 형제가 견디어온 세월이 내 삶인 듯이 손에 잡혀 들어왔기 때문이다. 핑퐁볼처럼 형제가 운영하는 출판사 사이를 오가면서 여러 책을 낸 터라, 누구보다 그들의 삶을 가까이 보면서 지내왔기에 선뜻 감정 이입이 됐던 모양이다. 사옥을 지은 만큼, 문학을 사랑하는 '자모'가 '문동' 이상, 더욱 튼튼한 문학 전문 출판사로 거듭나기를 바란다.

'자모' 사옥 집들이에서 나온 뒤, 밤엔 또 젊은 작가 전의 새 소설책이 나와, 출판사 사장, 작가들, 편집자, 기자 등과 자리를 함께했다. 그곳에서 '페이스북'에 쓰는 '논산일기' 출판 이야기가 나왔다. 많은 사람이 '페북일기'를 출판하라고 여러 번 권해왔기 때문이다. 처음엔 그냥 단순히, 심심해서 쓰기 시작한 일기 아닌 일기인데, 직업이 작가인지라, 기어코 '책' 이야기가 구체화되기 시작한 것이다. 그중의 누가 대뜸 "제목에 논산이 들어가면 안 돼요!" 했다. "왜?" 내가 반문하고 "논산은 훈련소만 떠오르는 고장이라서요, 논산일기라고 하면 뭐 병영 일기거나 그런 줄로 알 거예요. 논산, 이미지가 좀 삭막하잖아요?" 그가 망설이지 않고 대답했다. 다른 사람들도 그 말에 기꺼이 동의했다. 마음이 아팠다. 내 고향 논산, 아름답고 깊고 향기로운 충절과 예향의 전통에 대해 아무리 말해도 둘러앉은 사람들이 갖고 있는 선입견은 쉽게 수정될 것 같지 않았다. 가까운 공주나 부여에 대해 갖고 있는 좋은 이미지와 비교해도 천양지차였다. 나의 고향에 대한 이미지가 이 정도였나, 하고 속이 막 상했다. 책을 내야겠다는 확신이 더 들었다. 논산에 대해 보편적으로 갖고 있는 잘못된 이미지를 조금이라도 바꾸는 데 보탬이 된다면 일기든 뭐든, 내가 기여할 일을 찾아하고 싶었다. "논산에 훈련소만 있는 게 아니야. 조선 사대부의 기개를 지켜온 곳도 논산이고, 금강문화권의 중심도 따져보면 우리 논산이었어. 사람들 참, 이리 오해가 깊으니 책을 낸다면 더욱더 지명을 꼭 제목에 넣어야겠네!" 힘주어 말했으나 울림이 크지 않았다. 우리 고향이 '이미지'의 전략에서 그동안 성공하지 못했다는 걸 그래서 알았다. 쌀

이름만 '예스민'이라고 하면 무슨 소용인가. 이미지와 부합하지 않으면 아무리 이름을 근사하게 붙여도 사람들은 그 진정성을 믿지 않을 것이다. 이제 산업도 비즈니스도 모두 '이미지 장사'인 세상인데.

만신의 축수도 들었고, 그래서 오늘은 아픈 아내를 잠시 자식들한테 맡기고 논산으로 내려왔다. 리모델링 하는 사람들이 이것저것을 하루빨리 정해달라고 채근해왔기 때문이다. 당신들이 알아서 정하라고 해봤으나 일하는 사람들 입장에선 부담이 되는 모양이다. 나는 현장에 가서 도배지, 장판, 마루, 창틀 색깔, 창살 무늬 등을 얼렁뚝딱 정해주었다. 원래 화려하거나 호사스러운 걸 싫어하기도 하려니와, 40여 평도 채 되지 않는 구가옥을 고치는 일이니, 집에 대한 욕심은 전혀 없다. 어차피 서울 서재의 책을 다 옮기기에도 좁은 공간이다. 다만 춥지 않게 살고, 먼 곳에서 찾아올 '귀인'들에게 내 집이 '논산은 참 좋은 곳이다'라는 인상을 주기 바랄 뿐이다. 벽지는 비싸지 않은 종이 벽지를 골랐고, 창틀 색깔 역시 바닥 색깔과 맞춰 평범한 것으로 골랐다. 현장소장이 말했다. "제가 그동안 공사 맡아 한 집 중에서 제일 빨리 골라주셨어요!" 일 분 만에 모든 걸 골라주긴 했으나, 이게 칭찬인가, 욕인가.

지금 여관방에 혼자 누워 있다. 사람들이 가진 내 고향에 대한 '오해'와 '편견'이 가슴 아프다. 이는 곧 나의 피붙이에 대한 오해와 편견이기 때문이다. 경제나 정치력으로 잘못된 이미지를 바꿔가려면 많은 돈과 오랜 시간이 필요하다. 지름길은 문화에 있다. '논산 일기'를 출판하기로 한 것은 그런 의미에서 잘한 것 같다.

쇠뿔은 단김에 빼랬다고, 내가 서둘렀더니 오늘, 책에 쓸 사진을 찍으러 사진작가와 편집팀이 조정리로 내려왔다. 탑정호와 쌍계사와 윤증 고택을 둘러보고 강경으로 갔다. 사람들은 "논산에 이렇게 아름다운 곳이 많은지 몰랐다"고 했다. 풍경은 좋고 빛은 맑았다. 특히 윤증 고택의 사랑채 누마루에 앉아 내다보는 풍경은 멋과 맛이 남달랐다. 윤증 고택의 누마루에 앉아서 바깥 뜰을 내다보며, 조선의 선비들이야말로 우주를 품은, 하나의 웅숭깊은 풍경이라는 걸 새삼 느끼고 알았다.

저물녘의 강경 옥녀봉에서 내려다뵈는 금강은 평평하고 질펀했다. 바람 끝이 차가웠으나 강은 의연하기가, 흐르는 부처 같았다. 나는 젓갈 축제가 열리곤 하는 강안江岸의 너른 공터를 오래 내려다보았다. 예전엔 키 큰 갈대가 꽉 차 있던 곳이었다. 고교 땐 학교 간다고 집 나와선 자주 그 갈대밭 속에서 하루 종일 지내곤 했다. 도시락도 그곳에서 까먹었고 을유문화사판, 동아출판사판 세계문학전집을 바로 인적 없는 그 갈대밭 속에서 차례로 읽었다. 그곳은 오로지 나만의 학교, 나만의 도서관, 나만의 해방구였던 셈이었다.

옥녀봉에서 내려온 다음엔 아버지가 포목점을 하던 아래 장터 가게 자리로 갔는데 '민물고기' 집이 되어 있었다. 반세기 전의 그 건물이 거의 원형 그대로 온존했다. 미닫이를 열면 유난히 등 꼿꼿했던 아버지가 옛날처럼 앉아 있을 것 같았다. 콧날이 시큰해졌다. 그리고 아, 채산동 그 집. 내가 데뷔작 《여름의 잔해》를 쓰고, 연로하신 부모님 모시고 신혼생활을 시작한 그 집. 달라진 것은 함석대문이 철제로 바뀐 것뿐이었다. 나는 어스레해진 대문 앞에 잠시 등을 기대고 서 보았다. 범신아, 하고 부르면 열다섯, 혹은 열일곱 살 된 우울한 청년이 금방이라도 슬리퍼 소리를 내며 다가와 말없이 문을 열어줄 것만 같았다. 등이 잔뜩 굽은 문학청년인 젊은 나와 늙어가는 작가로서의 내가 필연적으로 만나는 경험이었다. 장편 《더러운 책상》에서 '나의 관뚜껑'이라고 불렀던 대문은 그러나 굳게 닫혀 있었다. 회색빛 자의식으로 둘러싸인 십 대의 내게 그것은 정말이지 '관뚜껑' 같았었는데.

지난 반세기, 나는 얼마나 멀리 세계로 나아갔을까. 되구부러져 돌아온 길은 또 얼마나 멀었을까. 더러 포플러가 성큼성큼 자라고, 밥풀떼기 흰 꽃이 피고, 산초나무 어둔 그늘로 어린 새들이 날아가는 길들도 있었다. 우리 세대 인생이 다 그렇듯 돌아보면, 좁은 산길 들길에서 신작로로, 신작로에서 하이웨이로 넓어지고 빨라지는 길이었는데, 허둥지둥 갈팡질팡 나아간 길이었는데, 되구부러져 돌아올 때의 길은 얼마나 순식간이었는지.

저녁은 읍내에서 복국을 먹었다. 강경 복국 맛은 여전했다. 서울로 돌아오는 하이웨이의 속도는 평균 시속 130여 킬로미터. 요즘 세상처럼, 미친 속도였다.

길게 누워 연속극 '해품달'을 보고 있는데 아내가 곁에 앉아 삶은 밤을 까준다. 이만큼이라도 원기를 회복해준 아내가 고맙다.

낮엔 아내와 '밀레' 본사로 가서 등산복을 골랐다. 한 사장과 후배들이 히말라야에 가는 길 동행하자면서 우리 부부를 초대했기 때문이다. 네팔에 학교를 지어주는 사업을 하고 있는 엄홍길 대장과 휴먼재단 멤버들도 일부 동행한다. 부처님이 태어난 '룸비니'의 '휴먼스쿨' 준공식과 안나푸르나 입구에 있는 아름다운 마을 '비렌탄티학교'의 기공식에도 함께 참가할 것이다.

엄 대장은 히말라야 16좌를 완등하고 헌신과 나눔을 통한 후반기 생애의 아름다운 설계를 착착 실현하는 중이니, 보기 좋다. 나무그늘에서 공책도 없이 공부하는 네팔 어린이를 위해 학교를 지어주는 '휴먼스쿨' 사업이다. 이 아름다운 사업의 가장 큰 후원자는 아웃도어 주식회사 '밀레'. 이번에 준공식을 하는 룸비니학교와 기공식이 예정된 비렌탄티 마을의 휴먼스쿨도 '밀레'가 거의 압도적인 큰손 후원자다. 산에서 나는 늘 '밀레'를 입는다. 등산복도 좋지만, 그 회사 한 사장이 더 좋다. 최근에 중고교생을 위한 장학재단도 주도적으로 만들었을 뿐 아니라, 평소 그늘에서 좋은 일도 많이 하는 데다가, 무엇보다 문학을 존중하는 우수한 독자이자 '문학청년'이기 때문이다. 아내의 등산복을 꼼꼼히 챙겨주는 자상하고 다정한 그의 모습이 속정 깊은 친정오라비 같다. 사업에 성공하지 못했으면 후배작가가 돼 있을지도 모를 사람이다.

19일은 룸비니에서 휴먼스쿨 준공식을 할 것이고, 그 다음 날부터는 안나푸르나 푼힐 코스 트래킹이 예정돼 있다. 그나저나, 3200미터까지 올라가는 트래킹을 아직 몸 부실한 아내가 소화해낼는지 걱정이다. 어제까지 여러 번 취소하자 권했으나 아내는 막무가내다. 내가 히말라야를 오간 게 벌써 열 번을 훌쩍 넘겼긴 터, 나는 그동안 에베레스트의 칼라파타까지의 트래킹 이야기 《비우니 향기롭다》를 썼고, 네팔 청년을 주인공으로 한 소설 《나마스테》와 설산 등반을 서사로 삼은 본격산악소설 《촐라체》도 썼으며, TV를 통해 히말라야 일대에서 몇 차례 다큐프로 제작에도 참여한 바도 있다. 거의 매년 히말라야를 오가는 형국이라 아내로서는 마지막 기회일지도 모를 이 히말라야 여행을 포기하기 싫은 모양이다. 아내의 '버킷리스트'에도 당연히 히말라야가 올라 있다. 만리장성, 그랜드캐니언에 이어 세 번째 리스트다. 피라미드 혹은 타지마할이 그 다음 순서인데, 살아생전 '버킷리스트'를 다 성사시킬지에 대해 아내는 요즘 부쩍 자신이 없는 눈치이다. 나 또한 아내에게 부여된 신의 프로그램을 다 읽어낼 재주는 없다.

안나푸르나는 '풍요의 여신'이라는 뜻. 하긴 히말라야 만년빙하가 쌓인 어느 산정인들, 신이 아닌 봉우리가 있던가. 히말라야는 일종의 제단이다. 그것은 초월적 세계의 한 형상이며 유실되지 않는 영원성의 그림자다. 삶의 유한성이 주는 슬픔을 어떻게 받아들여야 하는지 히말라야는 말해준다. 산을 '러닝머신' 정도로 취급하는 떠들썩한 산행과는 차원이 다르다. 아내도 당연히 그곳에서 정려한 별의 바다를 보고 싶을 것이다. 그 불멸을.

오후엔 오랜만에 '동아일보'에 보낼 칼럼을 하나 쓴다. 지방과 서울 사이, 문화적 환경의 격차에 대해. 경제만 좋아지면 국민적 갈등과 소외감이 다 사라질 것처럼 여기는 건 어리석다. 절대 빈곤을 넘어선 우리의 갈망은 이미 중심과 변방을 뛰어넘는, 보다 더 인간답게 누릴 수 있는 수평으로서의 문화적 환경과 절실하게 닿아 있다. 멍청한 정치가들만 그걸 모른다. 아니 알면서도 자본 독재에 기대 알량한 권력의 더 큰 파이를 확보하기 위해 모른 척하는지도 모른다.

'페북일기'를 쓰는 사이 소파에서 잠든 아내의 숨소리가 들린다. 사고 없이 아내가 걸어갈 수 있을까. 한나절 내내 올라야 하는 비정한 돌계단도 있는 코스인데. 나는 이래저래 잠을 이루지 못한다. 잠들었든 깨어 있든, 시간이라는 한시도 쉬지 않는 컨베이어 벨트에 실려 우리 모두, 최종적인 그곳을 향해 가고 있다. 피할 수 없다면, 종점을 향해 가는 이 불가항력적인 컨베이어 벨트를 편안하고 즐겁게 타는 방법을 알고 싶다. 히말라야에 가서 이번에도 다시 그걸 물어볼 참이다.

　　휴대전화도 팽개치고 떠난 내가 히말라야 산협 사이를 오르고 있을 때에도 벗들은 페이스북, 내 '빈방'을 지키고, 또한 나를 기다려주었다. 나의 '빈방'에 누가 이렇게 써놓은 것도 보았다. "기다림!" 그리고 며칠 후에 "또 기다림!"이라고. 울컥했다. 아, 내가 잠시라도 잊고 있던 이 땅에서, 여전히 나를 부르고 여전히 나의 '문장'들을 기다리는 사람들이 있었구나! 그들은 모국어로 통할 수 있는 사람들이며, 생의 어느 굽잇길에서 스치듯이 만날 때, 언제 어디서라도 "아, 친구!" 하면서 서로 반갑게 손 맞잡을 수 있는, 그런 사람들이다. 그래서 나는 소리 내어 이렇게 중얼거렸다.

　　"벗님들, 히말라야 잘 다녀왔답니다! 히말라야는 여전히 높고 귀하고 아름다웠지만, 그러나 여기 이 땅에서 대대로 터 잡고 더불어 살아온 여러 벗님네보다, 더 높고 더 귀하고 더 아름답진 않았습니다!"

히말라야에서 돌아온 지난밤, 밤새 꿈을 꾸었다. 눈 덮인 어느 산협의 길 없는 길을 비틀배틀 홀로 걷고 있는 꿈이었다. 깨고 나선, 비몽사몽 하는 가운데, 태어난 이후 줄곧 그렇게 낯선 시간 속을 걸어왔다고 생각했다. 인생에서, 정해진 길이 어디 있고, 오류 없는 지도가 어디 있겠는가. 내가 그랬듯이, 이 땅에서 대대로 살아온 우리 모두, 스스로 길을 내고 지도를 만들면서, 스스로 등대가 되면서, 하나같이 장하게 여기까지 걸어온 것을.

꼭 일 년 만에 간 안나푸르나는 여전히 우뚝했고 하늘은 불멸처럼 푸르렀다. 봄꽃들이 막 피고 있었다. 안나푸르나 '풍요의 여신' 께서 봄꽃 다투어 피기 시작한 당신의 따뜻한 품에 나와 아내를 포근히 안아 받아들여 주었다. 몸이 안 좋은 아내가 '푼힐 꼭대기' 까지 올라가 황홀한 일출을 볼 수 있었던 것은 전적으로 '풍요의 여신' 이 등을 밀고 어깨를 다독여주었기 때문이라 믿었다. 음계를 짚듯이 더 높은 설산으로부터 더 낮은 설산으로 툭툭툭 내려서는 일출의 그 꽃봉오리는 정말 장관이었다. "이 세상 같지 않아!" 아내가 말했다. 햇빛은 욕계와 색계, 중심과 변방의 가름이 없었다. 어떤 높은 산도 햇빛보다, 허공보다 높지는 않았다. 일시적일망정 그 순간 신을 가까이 품고 영혼의 열락을 보았으니, 우리 사는 세상이 곧 극락이라는 걸 잠시 느끼기도 했다. 참된 열락은 어떤 높은 산도, 어떤 높은 사람도, 저 푸르고 텅 빈 허공을 이길 수 없다는 본원적 인식에서 비롯된다는 것도 새삼 느끼고 알았다.

불자는 아니지만, 히말라야에서 작은 부처를 한 분 모셔 왔다. 한쪽 무릎을 세우고 거기에 얼굴을 가만히 내려놓은 여성성이 두드러진 반가사유상이다. 석가모니불이라기보다, 아들 낳고 겨우 7일 만에 눈을 감아야 했던 마야부인의 느낌이 더 다가드는, 보고 있으면 누구든 덩달아 마음이 편안해지는 얼굴이다. 아내는 이 부처상을 '해피 부처'라고 부른다. "모든 존재는 언젠가 내 어머니였던 적이 있다"는 티베트 속담이 있거니와, 나는 지금도 석가모니인지 마야부인인지 모를 이 분의 고요한 얼굴을 바라보고 있다. 이제 줄지어 피어날 이 땅의 봄꽃들도 그 개화가 모두 여기에서 연유하는 듯한 기분이 든다. 신은 분명히 봄빛 같은 어머니를 닮았을 것이다.

안나푸르나 잔설 희끗희끗한 어느 굽잇길에서 보았던, 아, 별의 바다. 뒤처진 아내의 느린 발걸음소리를 느끼면서 혼자 어느 돌 위에 앉아 고개를 들다가 나는 흠칫했다. 별똥별들이 수천 광년 너머로부터 다투며 내 가슴으로 지고 있었다. 오래전 제 숙주를 떠났으면서도 시간의 압박을 거뜬히 이겨낸 가장 새롭고 순결한 빛이었다. 콧날이 '빙' 하고 울렸다. 여전히 영원이 너무 가깝고 너무 멀다고 생

각했고, 여전히 나의 사랑이 끝나지 않았다고 느꼈다. 그리고 바로 그
때 내가 고향에 두고 떠난 조정리 탑정호의 물빛이 선연히 떠올랐다.
반세기 만에 고향 땅으로 돌아와, 무명 속을 흘러다니면서, 삶이 주는
은밀한 경이와 고절한 슬픔을 만났던 지난가을, 겨울, 그 적멸의 시간
들이 나를 향해 성운처럼 밀려오고 있었다. 행복했었다고 말하진 않겠
다. 2011, 가을과 겨울에 나는 조정리의 물가에서 나의 '한 시기' 가 장
엄하게 침몰하는 걸 보았으며, 또 다른 '한 시기' 가 미완의 어둠으로
내 앞에 놓여 있는 것도 보았다.

이제 알 것 같다.

　　나는 옛날의 그 '고향'을 잊을 수 없어 그곳, 논산으로 간 게 아니다. 고향은 고향이지만, 그러나 내가 돌아간 그곳은 이미 옛날의 그 자리, 그 시간도 아니다. '무위자연無爲自然'이나 '안빈낙도安貧樂道'는 가라. 그것은 나의 그리움일 뿐 사실로서의 내 스타일이 아니다. 그럼. 그렇고말고. 나는 고향으로 '돌아간 것'이 아니라 다가오는 위태로운 새로운 시간과 공간 속으로 속으로 '출발'해 간 것이다. 새로운 시간을 향한 장엄한 반역과 그 너머에 있을 미지의 또 다른 감미를 구하고자 하는 나의 꿈은 아직도 옹골차다. 예전에도 그랬듯이, 그 길은 여전히 고통스럽고 애달픈 비의적인 길일는지 모른다. 하지만 어쩌겠는가. 그것이 내가 생을 견디고 견인하는 방식이며 이데올로기이고 에너지의 원천인 것을.

　　고백하거니와, 나는 시시때때로 어딘가로 '돌아가고' 있으며, 그럼에도 불구하고 면도날 같은 위험한 시간 속으로 나는 항상 떠나고 있다. '불온한 짐승'이 내 안에서 기지개를 켜고 새롭게 일어나는 것을 논산시 가야곡면 조정리에서 보고 싶다. 여전히 열애의 불길 속을 가로지르고 싶은 나의 꿈이 뜨겁고, 무섭고, 그리고 애달프다.

히말라야에서 돌아왔더니, 거짓말처럼 봄이 와 있다. 작년에 왔던 그 봄인 듯하지만, 그러나 분명히 과거에 한 번도 만나보지 않은 전인미답의 새로운 봄이다. 우리의 삶 또한 새로 시작할 절호의 찬스, '바르도'의 순간임이 확실하다. 자, 어디를 바라보며, 생애를 통해 한 번밖엔 오지 않을 2012년 봄날의 하루하루를 시작할까. 어린 꽃나무들도 '존재의 나팔' 한번 기운차게 불어 젖힐 요량으로 지금 저렇게 잔뜩 몸을 웅크리고 있는데.

탑정호의 물빛을 보러, 지금 당장 '조정리'로 가야겠다.

'논산집' 리모델링이 대강 끝난 건 사흘 전.

　　보일러를 다 새로 놓았고 창문도 새것으로 바꿨으니 이제 더 이상 추위에 떨지 않을 것이다. 한옥의 격자창을 겹문으로 달아 외풍도 거의 없다. 홍송으로 짠 전통창살문에 한지를 바른 품격 있는 문은 아니지만 어쨌든 한옥식 격자문이 들어오니까 집 안이 한결 따뜻하고 운치가 있어 뵌다. 일을 시작할 땐 돈을 좀 아낄 양으로 문과 창호를 어떤 건 바꾸고 어떤 건 안 바꾸기로 한 데다가 잘 닫히지도 않는 현관문까지 그대로 사용하기로 해서, 리모델링을 하지 않는 것만도 못하게 될까 봐 걱정했으나, 내가 히말라야에 가 있는 동안 여러 좋은 사람들이 이마를 맞대고 숙의를 거듭한 끝에 지금과 같이 원만한 완성을 보게 된 것이다. 심지어 공사를 맡은 사람 중 손해를 봐가면서 정성을 다한 이들도 여럿이라고 듣는다. 지금까지 마음을 써준 고마운 이들의 이름을 수첩에 꼼꼼히 적는다. 평생 문자와 함께 살아온지라 문자로 적어 보지 않으면 금방 잊어버리기 때문이다.

오늘은 첫 집들이를 했다. 주축은 '운우회' 멤버들이고, 그들이 제안한 집들이인데, 그 외에 알음알음 여러 사람이 서울에서부터 먼 길을 왔다. 노래하는 손 일행이 청소기를 사왔고, 김과 엄을 비롯한 운우회 친구들이 벽걸이텔레비전을 사왔으며, 몇몇 피디, 작가들이 사랑스러운 여러 가지 소품들을 선물해주었다. 이불이 모자랄까 봐 슬리핑백을 스무 개나 싣고 왔을 뿐 아니라 뒤풀이 음식을 밤새 손수 해서 대준 정이 특히 고마웠고, 회사 버스를 내주고 참석자 모두에게 등산복을 선물해주기로 한 한도 그랬다. 언제나 따뜻하게 나를 받아준 문화과 '쓰리 킴'과 좋은 술을 충분히 들고 와 지신을 꽉꽉 밟아준 황도 잊을 수 없는 하객이 되었다. 산삼주, 오골계 초란을 들고 온 '이*'와 이*, 뒤치다꺼리를 담당해준 젊은 일행도 있었다. 엄과 황의 열광적인 기타 연주는 모든 이들의 기억에서 두고두고 지워지지 않을 것이다. 예술을 사랑하는 김의 안내를 받고 와서 흥겨운 연주를 해준 지역의 여러 예인 역시 고맙기 이를 데 없었다. 사랑이 아니고서야 이렇게 아름답고 흥겹고 옹골찬 '지신밟기'는 불가능할 터였다. 많은 이들이 밤을 새우다시피 술을 마셨고, 방마다 온몸으로 '방구들'을 밟아 사람 냄새 가득한 방으로 만들어주었다. 나의 '조정리 시대'는 아마도 이런 사랑의 힘으로 날마다 환할 것이라 믿는다. 여명이 어스레 밝아오는 호수를 내다보면서, 지금 하나하나 사랑하는 이들의 이름을 써본다. 오래전부터 사랑해온 이의 이름도 있고 이제 막 사랑을 시작한 새 이름도 있다. 고마운 이들의 이름을 기록한 장부가 나날이 두꺼워지는 걸 살아서 경험하는 것이야말로 인생의 가장 큰 축복, 경이, 또 행복일 것이다.

지난가을, 겨울에는 "논산에 가 있다면서?" 하고 누가 물으면 "몸은 논산에 가 있는데 마음은 평택이나 천안쯤에서 있는 것 같아"라고 나는 대답했다. 그러나 오늘 마침내 내 마음이 평택이나 천안권을 벗어나, 산자수명할 뿐 아니라 깊은 전통과 충절이 깃든 향기로운 '놀뫼'의 중심을 지나와 내 몸에 합치되는 걸 보았다. 오늘이야말로 나의 '조정리 시대'가 개막된 것이라고 느꼈다.

지금은 새벽 6시 30분. 나는 혼령처럼 발소리를 내지 않고 방마다 넘나들며 잠든 이들의 숨소리들을 듣는다. 어둠 속에서 숨소리만 듣고도 저건 누구, 하고 다 알아차릴 것 같다. 자지 않고 떠난 이들의 모습도 선연히 내 가슴에 인화돼 있다. 살아서 느끼는 행복이 있다면 모두 사랑에서 비롯된 것이라고 믿는다. 나는 사랑보다 더 센 권력을 알지 못한다. 이곳에 머무는 동안, 바라건대 문학으로는 계속 불온한 '청년작가'답게 나의 생살이 매일매일 생생히 찢어지길 바라고, 사랑으로는 나날이 넓고 깊어져서 감히 큰 '권력자'가 되기를 바란다. 그것이 소원이다.

지난겨울부터 빈사의 상태로 목숨을 견디어온 그 '금붕어'가 아직 살아 있다. 아직도 건강을 충분히 회복한 것은 아니다. '고무다라이'에서 뒤꼍의 연못으로 옮겨놓은 금붕어들이 봄의 교향악을 리드미컬하게 연주할 때도 그는 여전히 누워 지내면서, 그러나 간헐적으로 내게, 아, 지느러미를 펄떡여 보인다. 놀랍고 눈물겹다. 시공을 넘어서려는 저 처절한 반역이야말로 내가 존재로부터 얻어내는 가장 값진 교훈이다.

2011년 6월

작가로 살아갈 새날을 내다보며
—명지대 출신 작가들이 마련해준
장편《나의 손은 말굽으로 변하고》출판기념회에서

어머니는 마흔한 살에 나를 낳았습니다. 이미 소설이나 에세이에서 밝혔듯이, 마흔한 살이었지만 어머니는 지금의 팔십 대와 다름없는 피폐한 육체를 갖고 있었습니다. 젖은 늘어질 대로 늘어졌고, 젖꼭지는 마치 물먹은 한지 끝에 매달려 있는 고약과 같았습니다. 나는 아무리 빨아도 젖이 별로 나오지 않는 어머니의 '빈 젖'에 매달려 암죽도 함께 먹으며 자랐습니다. 어머니는 외아들로 태어난 나를 맹목적으로 사랑해주셨지만, 나를 배불리 먹이진 못했던 것입니다.

집안은 늘 어둑컴컴했습니다. 어머니를 비롯한 가족들 사이엔 이유 없는 '불화'가 계속되었습니다. 선천적으로 예민한 탓도 있었겠지만 그보다 더 큰 이유는 좁은 집에서 희망 없이 부대끼며 살았던 가난 때문이었을 것이고, 장돌뱅이로 떠돌아야 했던 '아버지의 부재'도 한몫을 했습니다. 아버지는 오일장마다 겨우 하루씩만 집에 와서 잠만 자고 떠났습니다. 가장이 절대적인 권력을 행사하던 전근대의 문화 구조에서 아버지의 부재는 가족 구성원 모두에게 매우 심각한 영향을 끼쳤습니다. 가정이 구심력이 없는, 난파된 일엽편주 같았으니까요.

그 때문에 아주 예민하게 태어난 나는 몸과 마음이 늘 위태롭기 그지없었습니다. 너무 허약해 경기驚氣로 자주 죽어 넘어지곤 했으므로, 어머니는 나를 살리기 위해 동네 무당에게 수양아들로 들이기도 했습니다. 바로 뒷집이 무당집이어서 어머니의 품을 실제 떠나 살진 않았으나, 이로써 신탁을 받은 새로운 어머니에게로 나는 '내쳐진' 셈이 됐습니다. 좁은 집에서 희망 없이 부대끼며 살아야 했던 가족들 사이엔 서로가 서로에게 상처를 줄 수밖에 없었던 자학적 '불화'의 시간만 쌓였습니다. 절대 빈곤의 시대, 일제로부터 독립은 됐으나 어느 한 가지도 제대로 갖추지 못한 채 민족 전체가 위태롭기 짝이 없는 세계사적 광기에 내맡겨져 있던 해방 공간에서의 일입니다. 나와 나의 가족이 겪어야 했던 빈곤과 절망은 우리 탓이라기보다 광기에 가득 찬 세계사적인 환경과 강력하게 관계 맺고 있었기 때문이었지만, 그때는 물론 그런 것을 명확히 인식하지 못했습니다. 다만 나는 선천적으로 예인의 직관을 갖고 태어났으므로, 그것에 놀라울 정도로 예민하게 반응했을 뿐입니다. 고백하거니와, 나는 어렸을 때부터 세계가 '광기'로 가득 차 있다고 여겼으며, 어떻게 해도 내가 그 세계로 편입될 수 없으며, 그 세계로 길을 낼 수 없다는 절망과 분노에 가득 차서 성장기의 대부분을 보냈습니다. 고등학교 때 이미 자살미수를 두 번이나 저지른 것도 그 때문이었지요.

나는 1973년에 작가로 데뷔했습니다. 처음 5년여는 1년에 단편 한두 편을 겨우 발표하면서 지냈습니다. 그때 쓴 소설들은 주로 소외계층을 중심으로 계급 갈등을 다룬 소설로서 지금 생각하면 광기의 세계에 대한 반항심을 앞세운 '운동문학류' 가 주류를 이루었습니다. 반공이데올로기를 앞세운 전체주의적 산업화가 불러오는 세상의 광기는 까딱없었지만, 젊은 작가로서 나는 감히 내 진정성에 따른 '나홀로 혁명' 을 꿈꾸던 시기였다고 할 수 있을 것입니다.

1979년 장편《죽음보다 깊은 잠》과 1980년에 쓴《풀잎처럼 눕다》, 그리고 이어《숲은 잠들지 않는다》《겨울강 하늬바람》《불의 나라》《물의 나라》 등이 잇달아 베스트셀러가 됨으로써 나는 '전업작가' 의 길로 들어섰고, 이른바 '인기작가' 의 대열에 합류했습니다. 그러나 엄혹했던 80년대에 수많은 베스트셀러를 썼다는 것 자체가 당시의 도도했던 민족문학적 흐름의 좋은 표적이 됐습니다. 한편에선 수많은 독자들에게 '찬미 미사' 를 집전 받고, 다른 한편에선 일부 민족

문학 진영으로부터 자주 '인민재판'을 받던 위태로운 나날이었습니다. 나는 때로 당황했고, 때로 상처받았습니다. 내가 가장 당황했던 것은 나를 공격하는 '적'들을 나는 계속 '동지'로 생각했다는 것입니다. 대중적인 문법을 혹 가졌을지 모르나, 그럼에도 불구하고 고통받고 억압받는 민중들의 편에서 내 문법대로 그들을 대변하거나 그들을 위로하고 있다고 믿으면서 썼다고 생각한 나의 작품들이, 내가 '동지'로 여겼던 일부 사람들한테 일방적으로 비난받는 상황에 직면했을 때, 나는 큰 혼란을 느꼈습니다. 내 앞에서는 '찬미 미사'를 진지하게 집전해놓고, 다음 날 다른 자리에서 누구보다 앞장서 나를 비판하는 '인민재판'의 선봉장으로 활약하는 이를 보는 일도 얼마든지 경험할 수 있었습니다. 나는 지식인 사회의 은밀한 이중성을 잘 몰랐으며, 누군가의 지적대로 '전략 부재'였습니다. 비극적인 아이러니가 아닐 수 없었습니다. 소설 써서 밥 먹고 사는 일 자체에 때로는 치욕스러움을 느끼기도 했습니다. 밖으로는 정치적인 억압이 목을 조르는 시대와 불화를 겪어야 했고 안으로는 '동지'라고 부르고 싶었던 문단 내부와 불화를 겪어야 했던 것입니다. 자학이 깊어 안양으로 도망치듯이 이사했고, 그것도 모자라 동맥을 자르고 더러운 안양천변에 누워 있었던 끔찍한 사건을 저지른 것도 이 무렵의 일이었습니다. 세 아이의 엄마였던 아내가 아파트 경비원을 총동원해 실신한 나를 찾아 병원으로 옮기던 날 저녁 풍경이 지금도 잊히지 않습니다. 그러나 돌아보면 그 모든 게, 세상의 한 귀퉁이 어두운 나만의 '골방'에서 혼자 치르는 '내적 분열'의 피 묻은 전쟁에 불과했습니다.

물론 당시에 어두운 역사의 전면에서 자기희생을 무릅쓰고 시대의 전위로 앞장서 갔던 이들이 존경스러운 것도 사실입니다. 하지만, 그렇다고 해도, 그 당시 쓴 나의 수많은 작품들은 지금도 크게 부끄럽지 않습니다. 세태소설적인 그 당시 나의 작품들이 어쩌면 더 정직한 방식으로 시대의 희로애락을 반영했다고 생각하기 때문이기도 하지만, 그보다도 작가는 '단독자'로 살아가는 존재라는 나의 문학순정주의적 이념 때문에 그렇습니다. 작가는 거리로 나가 뛰어가면서 작품을 쓸 수는 없습니다. 작가는 단독자로서, 창 너머 세상을 잔인한 관찰력과 웅숭깊은 통찰력으로 창 안쪽에서 내다보면서, 명분 아래에 낮은 포복으로 엎드려 있는 당위와 반역을 '보고, 상처받고, 기록하는 사람'이라는 나의 소박한 순정적 이데올로기는 현재에도 유효합니다.

1993년부터 3년간은 아시다시피 전혀 글을 쓰지 않던 이른바 절필의 시기였습니다. 연재하던 소설을 결연히 중단함으로써 나는 유명작가로서의 모든 세속적 기득권을 하루아침에 팽개쳤습니다. 문학이 과연 무엇이고 어느 제단에 바쳐져야 하는가, 하는 고통스러운 질문과 정면으로 맞닥뜨리기 위해선 기득권을 버리는 것이 최선의 길이라고 생각했기 때문입니다. 그리고 나는 용인의 외딴집 '한터산방'에 나를 스스로 유폐시켰습니다. 처음 1년은 지옥불에 떨어진 듯이 고통스럽기 그지없는 나날이었습니다. 관 속에 누운 기분이었지요. 내 안에서 독기가 빠져나가는 기간이었다고 할 수 있습니다. 그러나 차츰 혼자 스스로를 유배시킨 나의 결단에 감사했으며, 그로써 내가 깊어지고 있다고 느꼈습니다. 영혼의 독기를 빼고 상처에 새살을 돋게 하는 데는 사람보다 자연이 훨씬 낫다는 걸 깨닫기도 했습니다. '인기작가' 시절의 내 문학을 버리기 위해서라든가, 아니면 민족문학, 혹은 본격문학판으로 내가 편입하고자 했던 결단으로 이해하는 사람이 더러 있겠지만, 그것은 오해입니다.

엉터리 농사꾼으로 혼자 살던 그 시기에, 내가 자나 깨나 만난 질문은 한 가지로 요약될 수 있습니다. 도대체 나는 누구이고 문학은 무엇인가, 하는 질문이었습니다. 그 질문 앞에서는 좌도 우도, 문학 자체조차 차선의 문제에 불과했습니다. 그 무렵의 나는 사십 대 후반으로서, 삶의 유한성으로 집약되는 강력하고도 잔인한 실존의 문제와 직면해 있었으며, 그렇기 때문에 당연히 내면화의 길을 힘들게 걸어가고 있었습니다. 말하자면 영원성과 찰나, 초월과 실존 사이에 아슬아슬 끼어 있던 시기였다고 할 것입니다. 나의 실존에 대한 해답을 명백히 얻을 수만 있다면 나는 세속의 모든 걸 버리고 싶었으며, 중이 되거나 시베리아 유형이라도 가고 싶었고, 그게 아니면 차라리 죽어서 나의 모든 것을 지워버리고 싶었습니다. 나의 인생은 시간의 도화지 위에 단지 얼룩만을 만들면서 시종한 건 아닌가 하는 회의에 깊이 빠지기도 했습니다. 나의 소설들, 내가 유지해온 가정, 자식들, 사회적 자아로서의 내 행적들이 다 얼룩 같았습니다. 용인 북부와 광주군 사이, 산속을 밤새워 헤매면서, 가시덩굴에 빠져 온몸을 할퀸 일도, 벼랑 끝 어둔 동굴에서 울면서 밤을 지새운 일도 헤아릴 수 없이 많습니다. 그러나 끝내 나는 아무것도 버리지 못했습니다. 이혼하지도 못했고 나쁜 아버지도 될 수 없었으며, 무엇보다도 문학을 버릴 수 없었습니다.

도대체 나는 누구란 말인가.

질문은 계속 나를 단근질하는데, 살아 견뎌내야 하는 근원적 실존은 계속 유지되는 것이 문제였습니다. 오, 약한 자여, 하면서 나는 울었습니다. 그렇습니다. 80년대 나를 비판했던 일부 '운동문학가'들에게 나는 진실로 쫄팔리지 않았으나, 나의 인생, 내 실존 앞에서 아무런 해답도 찾아낼 수 없었던 나는, 나의 실존이 정말 '더럽고' 부끄러웠습니다. 실존에 대한 '인정주의'가 내게 너무 깊이 깃들어 있다는 걸 먼저 깨달았으며, 이어 내 속에서 계속 생성되고 불타고 역동적으로 달려가려는 인정주의적 관성을 내가 스스로 끝끝내 뿌리치지 못할 거라는 사실도 깨달았습니다. 나의 인정주의 또한 알고 보면 습관이 아니라, 내 속에서 끝없이 생성되는 사랑에의 열망에서 비롯된 것이라는 사실을 깨달았을 때 나는 한편에선 절망으로 울었고, 한편에선 삶을 견인해갈 수 있는 에너지가 사실은 모두 그것에서 온다는 걸 알고 희망의 지표로 삼기도 했습니다. 나는 어쨌든 산이 될 수 없었으며, 별이 될 수도 없었습니다. 용인 시절은 내가 초월적인 근원의 꿈을 버릴 수 없으나, 내가 계속 지상에서 살 수밖에 없는 연약한 '지상의 존재'라는 걸 아프도록 일깨움 받은 시기였습니다.

나는 결국 작가로 다시 돌아와 지금까지 살고 있습니다.

오늘 출판기념회를 하는 소설 《나의 손은 말굽으로 변하고》는 작가 생활 39년째, 장편소설로 39번째 소설입니다. 우리 사회가 여전히 광기의 폭력사회를 살고 있다는 것과, 그러므로 세계자본주의가 쳐놓은 거미줄에 걸려서도 목숨을 유지하려면 오욕칠정의 감정을 가급적 버리는 수밖에 없다는 '싸가지 없는' 결론에 도달한 소설입니다. 그러나 나에겐 여전히 '탄생 이전으로부터 부여받은 슬픔'이 있으며, 이 슬픔을 견디어가야 합니다. 사람들에게 곧잘 '갈망의 시기'로 회자되는 절필 이후 나의 문학은 바로 그것에 줄을 대고 있습니다. 이 시기에 쓴 《흰소가 끄는 수레》《더러운 책상》《촐라체》《고산자》《은교》등은 모두가 초월적인 꿈을 버릴 수 없으면서, 그러나 지상의 삶을 견뎌내야 하는 나의, 우리의 비극적인 운명에 대한 은유적 발언들이었지요. 초월적 꿈과 물집투성이 지상의 삶은 매우 위험한 편차를 갖고 있습니다. 그러므로 살아 존재한다는 것은 나, '작가 박범신'에겐 여전히 단독자로서 벼랑길을 계속 가야 하는 것과 다름없습니다. 그리고 그 벼랑길을 가는 데 힘이 되는 유용한 도구로서 내가 가진 유일한 무기는 현재까지 글쓰기뿐입니다. 가능하면 이 길에서 순직하고 싶은 것이 요즘의 내 꿈입니다.

　　　그렇다고 내가 계속 안고 가야 되는 본질적 질문에서 놓여나는 건 아닙니다. 젊을 때는 나이가 육십 대쯤 되면 최소한 나는 누구야, 라고 말할 수 있으리라 꿈꾸었습니다. 사람이 살아간다는 것은 어쩌면 나는 누구야, 그 말을 준비하는 지난한 도정이 아닐까 늘 생각했었지요. 그런데 오늘도 여전히 나는 누구인가, 한마디로 말할 수 없습니다. 이런 사실에 대해 며칠 동안 나는 나를 많이 미워했으며, 부끄러워했고, 슬퍼했다는 것을 고백합니다. 그렇다고 나를 따라준 많은 제자 작가들 앞에서 '나는 나를 모르겠다' 하고, 쓸쓸하고 비겁하게 등을 보이고 싶지는 않습니다. 그래서 이렇게 설명하면 어떨까 생각했습니다. 내가 평생 동안 일관되게 혐오하고 반대해온 것을 밝히면 그것들의 조합에 의해 내가 누구인지 조금은 드러나는 것이 아닐까, 하구요.

우선 하나, 나는 집단이 싫습니다. 무리가, 떼가, 떼가 만드는 조직이 싫습니다. 무리는 전체주의가 되므로 싫습니다. 무리는 때로 개인의 희생을 무릅써야 한다고 말하게 되므로 싫습니다. 무리는 너 하나 희생하면 백 명, 천 명이 살 수 있다고 말하므로 싫습니다. 무리는 공평하게 회비를 걷으니 싫고, 무리는 악에서든 선에서든 우리라고, 우리가 남인가, 라고 말하므로 싫습니다. 무리는 대장이나 캡틴이나 지도부가 있으므로 싫습니다. 무리는 폭탄주를 공평하게 돌려 마시므로 싫고 무리는 필연적으로 낙오자를 만드니까 싫습니다. 어떤 무리도, 떼를 지어 집단화하면 명분을 앞세워 반드시 '집단의 죄'를 동반한다고 믿기 때문에 나는 무리가 싫습니다.

또 하나, 나는 정파가 싫습니다. 한국식 좌파도 한국식 우파도 혐오합니다. 한국식 좌파든 우파든, 이제 세계자본주의의 정교한 프로그램에서 결코 자유로울 수 없는 위태로운 시대이니, 나는 작가로서 감히 그 위태로운 경계에 계속 서 있고자 합니다. 물론 문학이란 어쨌든 상처, 소외, 결핍을 뿌리칠 수 없으므로, 근본적으로 그것을 편들어야 하는 운명을 비켜가진 않겠지만, 그러나 자본주의적 욕망에 따른 정치적 전략, 혹은 편 가르기에 따른, 어떤 정파에도 나는 진실로 소속되거나 굴복하지 않았다고 생각하며 앞으로도 그럴 것입니다. '문파'도 물론 싫습니다. 평생 어느 문파에 소속된 적이 없습니다. 나는

'창비파'도 아니고 '문지파'도 아닙니다. 나는 작가로서의 '전략'이 없습니다. 나의 전략은 '단독자'로서 개인과 전체, 주관과 객관의 거리를 재고 '미학적'으로 기록함으로써, 내가 섬기고자 하는 휴머니즘을 나다운 문학순정주의 노선으로 지켜가는 것뿐입니다. 어떤 자본의 프로그램이나 정파주의도 인간주의를 넘어설 수 없다는 것을 확실히 믿기 때문이며, 내 안에 있는 어떤 다른 욕망도 오로지 문장 하나로 세계와 맞서고 싶은, 좋은 문학에 대한 나의 열망을 아직 넘어서지 못하기 때문입니다. 작가로서 나는 죽을 때까지 '박범신파'에 소속돼 살고 싶습니다.

또 하나, 나는 비뚤어진 엘리트주의를 혐오합니다. 우리 사회 안에서의 엘리트주의는 이미 폐기처분된 조선 사대부의 형식주의적 전통과, 자본주의 천박한 욕망을 정치, 사회, 문화적 명분으로 덮으려드는 가증스러운 학벌 중심의 서열구조와 변절된 서구식 인문주의가 병합되어 매우 비정상적이고 불건강한 이중적인 요소를 갖고 있다고 봅니다. 나라를 흥하게 하는 것도 엘리트요 망하게 하는 것도 지식인이지요. 일부 '엘리트'들은, 우리 사회가 갖고 있는 '악의 구조'에 빌붙어 오늘도 온갖 그럴듯한 명분을 지어내면서 개인적 욕망에 따른 과실果實을 착복하기 위해 좋은 학벌과 축적된 지식을 사용하고 있으며, 그러면서 전혀 반성하지도 않는다는 게 나의 소견입니다. 우리가 갖고 있는 많은 갈등과 분열의 핵심적 담론들을 과연 무엇 때문에, 누가 생산하고 유포하고 있는지를 생각할 때마다 나는 제일 먼저 엘리트, 또는 일부 지식인그룹을 떠올립니다. 나 또한 작가로서 지은 죄가 없다고 할 수는 없습니다. 따라서 나는 내 안에 깃든 설익은 엘리트적 허세도 진실로 혐오합니다.

또 하나, 나는 계몽주의를 혐오합니다. 예술을 바라보는 의미주의적 태도를 혐오합니다. 백남준은 "예술이란 익은 밥 먹고 하는 설익은 짓"이라고 말한 적이 있습니다. 돌이켜보면, 내가 쓴 많은 소설 중에서 가장 마음에 들지 않는 것은 계몽주의적 담론, 계몽주의적 문장, 계몽주의적 서사구조를 은연중 따르고 있는 작품들입니다. 감상이 많이 노출된 작품도 그렇습니다. 뻔한 계몽주의적 사고와 습관은 한국식 교육풍토와 사회구조로부터 이미 너무도 깊이 내게 전이되어 있으므로 언제나 뿌리치기가 너무나 어려웠습니다. 내가 더 자유로운 예인藝人의 길을 걷지 못한 것은 주입된 계몽주의와 그에 따른 감상이 너무도 강력하게 나를 억압하고 있었기 때문인지 모르겠습니다. 그러나 감히 말씀드리건대, 내 안에 축적된 그것들과 싸우겠습니다. 세계로부터 주입된 계몽성이 나의 예민한 직관들을 훼손하게 그냥 내버려두지는 않을 생각입니다.

마지막으로 또 하나, 나는 허세에 따른 권위주의가 싫습니다. 나는 나이의 권위에게, 자리의 권위에게, 이름의 권위에게 기대지 않고 죽을 때까지 청년답게 '불안전한 주식'을 사는 '현역작가'로 살고자 합니다. 허위의식은 자기 세계가 없는 약한 자가 취하는 가면입니다. 가급적 나의 문장에서 인용을 줄이겠습니다. 나의 언행에서, 나의 행위에서, 오욕칠정을 감추는 거짓말을 줄이겠습니다. 39년 전 신춘문예에 당선했을 때 당선 소감에서 이렇게 썼던 게 생각납니다. "호사스런 빛깔과 새로운 디자인의 외투를 탐내지도 않고, 다섯 개의 단추로 문장하지 않아도 좋을 이 조그만 자유. 그게 그래도 밑천이지. 한밤을 깨어 있고 싶은 자에겐 그게 그래도 밑천이지"라고요. 내가 작가로 사는 특권은 바로 그것, 허세로 무장한 가짜 권위주의를 내팽개치고, 부식되지 않는 생생한 영혼으로 죽을 때까지 사는 것이라고 믿고, 그렇게 살도록 애쓸 생각입니다.

이상, 내가 평생 일관되게 혐오하면서, 그 덫에 몽땅 빠지지 않으려고 노력해온 몇 가지 점을 요약해 말했습니다. 혐오하는 것이 그뿐만은 아니지만 더 열거해봤자 큰 틀로 봐선 모두 이 다섯 가지 안에 갇히게 되는 것이 근본적으로 나라는 사람이 아닐까 생각합니다. 그 안에 내가, 나의 문학이 놓여 있으며, 앞으로도 그럴 것이라고 믿습니다. 사랑하는 나의 제자들에게 나의 노선을 따라오라는 말을 할 생각은 추호도 없습니다. 진실로 말하고 싶은 것은 내 나이가 됐을 때, 제자들이 세상에 대고 이것이 오로지 나의 참이며, 이것이 오로지 나의 문학이라고, 바로 오로지 이것 때문에 나는 문학으로부터 떠나지 않고 살아왔다고 말할 수 있는 작가의 길을 걸어가라고 당부하고 싶을 뿐입니다.

나의 증조부는 본래 경상북도 김천군에서 살았습니다. 밀양 박씨 중에서 '국당파', '난계파', '이오당파'는 본디 한 핏줄로서 그중 막내였던 이오당 선생은 형들이 벼슬길에 올라 한양으로 나아갈 때 혼자 고향을 지켰습니다. 선생은 훌륭한 문장가였으나 형들 때문에 출사를 포기하고 향리에 남아 당신의 '뿌리'를 지켰던 것입니다. 나의 중시조가 그분, 이오당 선생입니다. 증조부와 조부의 고향인 김천군 능소면은 바로 이 세 파가 더불어 형제로 살던 집성촌이었습니다. 그러나 일제가 들어서고 외래문물이 마구 밀어닥치면서 인심이 달라지기 시작했습니다. 같은 마을에서도 파를 가르기 시작했으니까요. 그곳에 살던 다수의 '국당파'는 국당 선생이 높은 벼슬을 지냈다는 후광을 앞세우고 숫자가 많다는 걸 무기 삼아 소수의 '이오당파'를 핍박했습니다. 선산의 묏자리를 선택하는 권리의 제한도 핍박의 한 수단이었습니다. 양지바른 명당터는 전과 달리 국당파에게만 선택권이 있었습니다. 나의 증조부는 그런 다수의 횡포에 순응할 수 없었습니다. 참을 수 없었던 증조부는 어느 날 빚까지 내어 그 돈으로 '남사당패'를 마을로 불러들였습니다. 당시의 사당패 공연은 남녀노소 불문하고 최고의 구경거리였지요. 마을 사람들이 모두 사당패 공연이 열리는 공터로 모여들었습니다. 증조부는 때를 놓치지 않고 아들과 함께 선산에 남은 명당 터에 당신의 부친, 그러니까 저의 고조부 산소를 옮겨 썼습니다. 일제강점기에도 한번 쓴 묘는 파낼 수 없게 법으로 정해져 있었으므로 그 점을 이용한 것입니다. 사당패 공연이 끝났을 때 증조부는 이미 산소를 완전히 이장한 다음이었습니다. 이제 '배 째라' 하면 된다고 증조부는 생각했겠지요. 그러나 뒤늦게 증조부의 '반역'을 알아차린 다수의 국당파는, 법이 무서워 이미 쓴 묘를 마음대로 파내지는 못했으나 용서할 수는 없었습니다. 그들은 매일 묘를 파내라고 증조부와 젊은 조부를 을러댔으며, 갖은 방법으로 소수의 이오당파 사람들을 괄시하고 단근질을 해댔습니다. 소수의 이오당파 사람들에겐 혹독한 형벌이었겠지요. 학대와 핍박의 고통이 극에 이르자 고조부의 산소를 그들의 요구대로 다시 옮기든지, 아니면 마을을 떠나는 수밖에 없다는 것을 증조부는 알아차렸습니다. 증조부께선 후자를 선택했습니다. 결국 가재도구를 제대로 챙기지도 못하고 야반도주하다시피 고향을 떠난 것입니다. 청년기에 접어든 두 아들을 앞세우고 고향을 떠난 증조부는 마을 사람들에게 붙잡힐까 봐 충청도에 접어든 다음 일부러 한양을 등지고 전라도 쪽으로 길을 잡았던 모양입니다. 내가 태어난 논산시 연무읍 봉동리 두화마을은 충청도와 전라도의 경계로, 내가 어렸을 때만 해도 전라북도 익산군이었습니다. 충청도의 경계를 넘어선 다음에야 비로소 증조부와 그 식솔들은 짐을 풀었습니다. 아는 사람 하나 없는 낯설고 물 선 곳이었지만, 더 도망칠 여력도 없는데다가 동네가 크고 들 가운데 있는지라 남의 머슴을 하더라도 입에 풀칠할 수는 있겠다 싶었던 것이었지요.

나의 할아버지가 스무 살 때쯤의 일입니다. 그래서 내가 전라북도 익산군에서 태어나게 됐습니다. 증조부와 할아버지는 '유림'의 끝물이었으나 연고가 전혀 없는 익산군 '들동네'에서 온갖 험한 일로 겨우 입에 풀칠하는 생활을 했습니다. 집단에 대한 '반역' 후 짊어져야 했던 형벌은 가혹했습니다. 할아버지만 해도 그 상처가 얼마나 깊었던지, 당신은 유려한 필체로 손수 족보를 기록해 남겨주셨음에도 불구하고 당신의 자식에겐 단 한 글자도 가르치지 않았습니다. 배우지 못한 것이 나의 부친에겐 평생 한이었습니다. 이미 파탄 나고 만 광기의 세계에서 당신이 배우고 익혀온 진리가 송두리째 '허위'라는 것을, 현실에서 지식은 오히려 삶의 훼방꾼이 될 수 있다는 것을 할아버지는 너무도 젊은 나이에 명백히 알아차렸던 것이고, 그 가혹한 자학적 형벌의 희생자는 고스란히 내 아버지가 됐던 것입니다.

나는 지금 오래된 하나의 풍경을 보고 있습니다. 어둡고 칙칙한 풍경입니다. 그 어둠의 중심부에 어린 짐승처럼 웅크리고 앉은

316

소년의 모습이 보입니다. 옛날 시골집은 굴뚝이 골목길로 나 있습니다. 학교에서 돌아온 소년이 집으로 들어가지 못한 채 골목길로 난 굴뚝 가운데, 그을음이 잔뜩 낀 흙단 위에 쭈그려 앉아 있습니다. 소년의 집에서는 땅거미가 내릴 때까지 식구들 사이에서 악다구니 쓰는 소리가 들립니다. 자주 있는 일입니다. 예민한 어머니가 당신의 울화를 참지 못하고 툇마루에서 굴러 떨어져 거품을 물고 경련하는 모습을 본 적도 있었습니다. 가족들의 '불화'는 그들의 증조부가 일제의 지배에 따른 문화적 변화에 따라 '다수'에 의해 고향에서 내쫓긴 이후에 생겼으며, 그로 인한 가난 때문에 통제 불능 상태에서 깊어지고 만, 자학의 질병이었습니다. 소년은 어두워진 다음에도 집으로 차마 들어가지 못합니다. 불 밝은 건너편 친구의 집 창호지 문엔 온 가족이 도래상에 둘러앉아 저녁 식사를 하는 모습이 실루엣으로 비쳐듭니다. 하루 겪었던 일들에 대해 서로 도란거리는 소리, 숟가락이 밥그릇에 부딪히는 소리, 가끔은 함께 웃는 소리도 납니다. 그것은 사실적인 그림이라기보다 창호지에 어른거리는 하나의 이미지로서, 버림받은 소년의 상상력이 보태져 더 환상적으로 보이는 따뜻한 그림입니다. 그와 달리 등 뒤에 있는 그의 집은 불도 켜지 않은 캄캄절벽 속에 꺼져 있으며, 낮은 한숨 소리, 숨죽인 울음소리 같은 것이 있을 뿐입니다. 보이지 않지만 소년은 참담한 집 안의 모든 정경을 너무도 완전하게 볼 수 있습니다. 네댓 평밖에 안 되는 흙담집 방입니다. 그나마 윗방은 곡식을 넣는 통가리까지 있어 누나들이 나란히 누울 수도 없을 만큼 비좁습니다. 그들이 싸우고 다치는 것은 그들 탓이 아니라, 폭력적으로 전개돼온 역사에 따라, '동지나 형제'라고 여겼던 '무리'에 의해 고향에서 내팽개쳐진 이후, 대를 물리면서 그들을 핍박했던 절대 빈곤 시절의 광기에 가득 찬 세계 때문이지만, 가족 중 누구도, 도대체 왜, 사랑하면서도 자기들끼리 서로를 할퀴지 않으면 안 되는지 끝내 인식하지 못했습니다.

소년은 두 개의 세계 사이에서 밤이 이슥할 때까지 꼼작하지 않습니다. 하나의 세계는 건너편 창호지 불빛에 감싸인 화해의 세계이고, 하나의 세계는 불화가 가득한 어둠 속 세계입니다. 그는 그가 소속된 곳으로도 갈 수 없고 그가 가고 싶은 그리운 세계로 갈 수도 없습니다. 그는 화해의 단란한 건너편 집 불빛을 판타지처럼 '이미지'로 보고, 그가 소속된 등 뒤의 한숨 소리 가득한 자신의 집 안 풍경은 잔혹한 '사실성'으로 봅니다. 그는 두 개의 세계 사이에서 어느 곳으로도 갈 수 없으며, 가깝고도 먼 상반된 두 개의 세계를 오직 다른 층위의 눈으로 숨어서 볼 뿐입니다. 그곳은 세계로부터 버려진 곳이지만 두 세계를 다 볼 수 있는 지점이고, 그리운 '저기'와 오욕으로 가득한 '여기' 사이이며, 안과 밖, 세속과 초월, 단독자와 전체의 경계에 놓인 고독한 '알집'입니다. 바로 내 문학의 '알집'이고, 내가 저 미친 세상과 맞서는 에너지를 충원하는 '알집'입니다.

이제 나는 아프게 깨닫습니다. 생애를 통해 계속 '유랑과 회귀'를 끝없이 반복하며 흘러다녔는데도 나는 여전히 어둑신한 굴뚝 한가운데, 그 경계의 고독한 알집에서 크게 벗어나지 못하고 있다는 것입니다. 그동안 내가 써온 문장, 내가 해온 말들이 사실은 그 '알집'으로부터 멀리 걸어나가지 못한 지점에서 본 것에 불과하다는 사실을 깨닫는 일은, 자연인 나에게는 참을 수 없는 고통입니다. 그렇지만 예인, 혹은 작가로 살아가는 나에겐 동시에 축복일지도 모릅니다. 힘 있는 상상력과 창조력은 모두 그 내적 분열의 알집에서 생성되기 때문입니다. 나는 그곳에 도사리고 있는 나를 '짐승'이라고 부릅니다. 나의 '짐승'은 시간에 굴복하지 않으며 환경에 의해서도 완전히 마모되거나 훼손되지 않습니다. 나를 숙주로 삼아 내 안에 깃든 이상한 '짐승'을 나는 가장 사랑하고 또 가장 미워합니다. 그것이야말로 내 오욕칠정은 물론이고 세계관의 근원이기 때문입니다.

나는 누구인가. 나는 어디에서 왔으며 어디로 갈 것인가.

고백한 것처럼, 나는 고향 집 그 굴뚝에 여전히 앉아 있습니다. 하지만 소년이었던 오래전의 나에 비해, 지금의 나는 문장이라는, 어쩌면 낡고 보잘것없는, 그러나 유일하기 때문에 내겐 그 무엇과도 바꿀 수 없는 창을 하나 비껴들고 있습니다. 나는 예인이고 작가입니다.

내가 쓴 것들이 기실 내 안에 도사린 '짐승'의 신탁을 받아 기록했다고 느낄 때마다 "나는 작가야!" 이렇게 소리칩니다. 이것은 어느덧 나에게 있어 유일한 권위이고, 유일한 감미이며, 유일한 유혹, 유일한 생존전략이 됐습니다. 나는 사랑하는 나의 젊은 제자들이 나처럼 살기는 바라지 않지만, 내가 39년여 전 작가로 데뷔할 무렵 일찍이 말했던 것처럼 문학을 가리켜 '목매달아 죽어도 좋은 나무'라고 말하면서 고단하게 살기를 바라진 않지만, 최소한 늙어갈 때 그 무엇이 됐든, 이것은 나의 유일한 권위, 감미, 유혹이라고 말하는 '그 무엇'을 찾아 갖기 바랍니다. 그것이 습관화된 계몽성에서 벗어나 어떤 고유성을 가진 문학이라면 나로선 더욱 반가울 것입니다. 그러면 당신들의 인생에서 고단하게 걸어오느라 생긴 수많은 '물집'들과 '얼룩'조차 '살아 있는 유산균'처럼 단번에 생생해질 거라고 믿습니다. 생생하다면 고단했든 상처뿐이든, 인생 전체가 한꺼번에 다 '연애'가 되는 것이지요. '존재의 나팔소리'가 되는 것이지요. 어떤 정파적 이데올로기보다는 더 높이 있으나 문학이, 근원적으로 '인생'보다 더 높을 수 없다고 해도 그렇습니다. 나는 이것이 유한성으로 핍박받는 실존의 강을, 우리가 부여받은 '탄생 이전으로부터 부여받은 슬픔'을 이기는 길이 될 수 있으리라고 믿습니다.

한 가지만 더 첨언하고자 합니다. 사람들이 나보고 많이 썼다고들 말하지만 나의 생각은 다릅니다. 나는 아직 도스토엡스키보다 많이 쓰지 못했습니다. 그이보다 잘 쓰지도 못했는데 그이보다 많이 쓰지도 못한 셈입니다. 게다가 나는 그이처럼 도박에 빠져본 적도 없고 마누라를 바꿔본 적도 없습니다. 왜 농노인 아버지를 두지 못했으며, 왜 시베리아 유형도 가지 못했을까, 하고 나를 원망한 적도 많습니다. 유형은커녕 굴절된 시대를 살면서 감옥 한 번 가지 못했습니다. 게다가 그이보다 더 오래 살았습니다. 많이 썼다고 하지만 돌아보면 문학을 잊고, 나의 존재 증명에 대한 귀한 임무를 잊고, 해찰한 적도 많았으리라 생각합니다. '선생 노릇' '아버지 노릇'을 핑계 대면서 최선이 아닌 '차선의 길'을 따라왔다고 생각하면 부끄러울 뿐 아니라, 가슴이 찢어지게 아픕니다. 뜨겁게 살았다고 느끼면서도 나는 비겁하게도 '안전'을 도모하느라 모든 일에서 늘 '차선의 길'을 선택해온 것일지도 모릅니다. 눈물겨운 회한이 아닐 수 없습니다. 우리 모두가 언제나 세속적인 삶에 대해 세계가 우리에게 주입하는 '불안'을 이겨내고 본원으로서의 주체가 가리키는 최선의 선택으로 인생을 경영한다면, 단언하건대, 세상은 지금보다 훨씬 좋아질 것입니다. 이제 '작가 노릇' 한 가지만 남았으니. 이루지 못할지라도, 나는 감히 최선의 길을 가는 작가로 나머지 시간을 살고 싶습니다.

　　내가 요즘 간절히 소망하는 것은 나의 문학, 나의 세계가 지금보다 더 깊어지고 옹골차지는 일입니다. 더 깊어진다면 생이 끝나기 전에 달의 이면에 해당하는 어둠의 숙주에 이르기까지 대낮처럼 환히 볼 수 있을지도 모르지요. 인간은 환경의 동물이라는 에밀 졸라식 '환경결정론'에 나는 동의하지 않습니다. 우리의 인생엔 환경이나, 기타 합리적 추론으로 절대 해석되지 않는 '미지량'이 분명히 존재하고 있으며, 그 비의에 가득 찬 생의 '미지량'이야말로 앞으로 내가 쓰고 싶은 소설의 마지막 화두가 될 것입니다.

하지만 내가 '청년작가'로서 글쓰기에 여전히 미쳐 있다는 식으로 속단은 하지 마십시오. 고백하거니와, 나의 마지막 꿈은 문학에서가 아니라 인생, 그것 자체에서 승리하고 싶다는 것입니다. 실존의 어두운 혼돈을 이기고, 유한한 시간의 감옥을 벗어나서 내 영혼이 마침내 참된 자유에 도달, 그야말로 훨훨, 거침없이 날아오르는 날을 맞이하는 것이 나의 은밀하고도 최종적인 지향입니다. 나는 눈물이 많은 사람입니다. 오랫동안 나는 내가 왜 우는지도 잘 몰랐습니다. 그러나 이제 압니다. 모든 존재는 어디에서 무엇으로 어떻게 살아가든지, '탄생 이전으로부터 부여받은 슬픔'을 갖고 있고, 나 또한 '탄생 이전으로부터 부여받은 슬픔' 때문에 평생 고통받고 있으며, 시시때때 운다는 것을요. 그런 점에서 글쓰기는 내게 하나의 방법이고 도정이지 최종적인 목표가 아니라는 것을 밝혀두고자 하고자 합니다.

인격과 지성보다 오욕칠정을 앞세워 가르쳐온 결함 많은 선생을 지금까지 사랑으로 받아준 여러분께 진실로 고마움을 느낍니다. 그리고 빈말이 아니라, 진실로 사랑합니다. 명지대에서 꼭 20년 세월을 보냈습니다. 돌아보면 인용부호로 묶어야 할 지식과 형식으로 포장한 인격이 아니라 정직성을 최선의 정책으로 삼은 '오욕칠정'으로 나는 여러분을 가르쳤다고 느낍니다. '오욕칠정 교수법'으로 명명해도 좋을, '날것'의 파토스에 가까운 그 방식에서, 거짓 권위의 망토를 걸치거나 암기해둔 지적논리로 허세로 부리는 일방통행만은 최소한 없었다고 자부합니다. 여러분 하나하나가, 모두 나의 연인이자 친구였고, 또 나의 스승이기도 했다는 것을 고백합니다.

감사합니다.

pp. 6~7, 10, 14~15, 20~21, 25, 32~33, 42~43, 58, 96~97, 112, 146, 160~161, 170, 178~179, 206, 210~211, 274, 292~293 사진 ©이일섭(이겸)

나의 사랑은 끝나지 않았다
논산일기 2011 겨울

1판 1쇄 발행 2012년 4월 25일
1판 4쇄 발행 2013년 1월 2일

지은이 · 박범신
사   진 · 이일섭(이겸)
펴낸이 · 주연선

책임편집 · 오가진
편집 · 이진희 정종화 박은경 박나리 최소라
디자인 · 홍세연 김서영
마케팅 · 장병수 김한밀 오서영
관리 · 김두만 구진아 유효정

도서출판 은행나무
121-839 서울특별시 마포구 서교동 384-12
전화 · 02)3143-0651~3 | 팩스 · 02)3143-0654
등록번호 · 제 10-1522호(1997. 12. 12)
www.ehbook.co.kr
ehbook@ehbook.co.kr

ISBN 978-89-5660-612-5 03810